みんなの怪盗ルパン

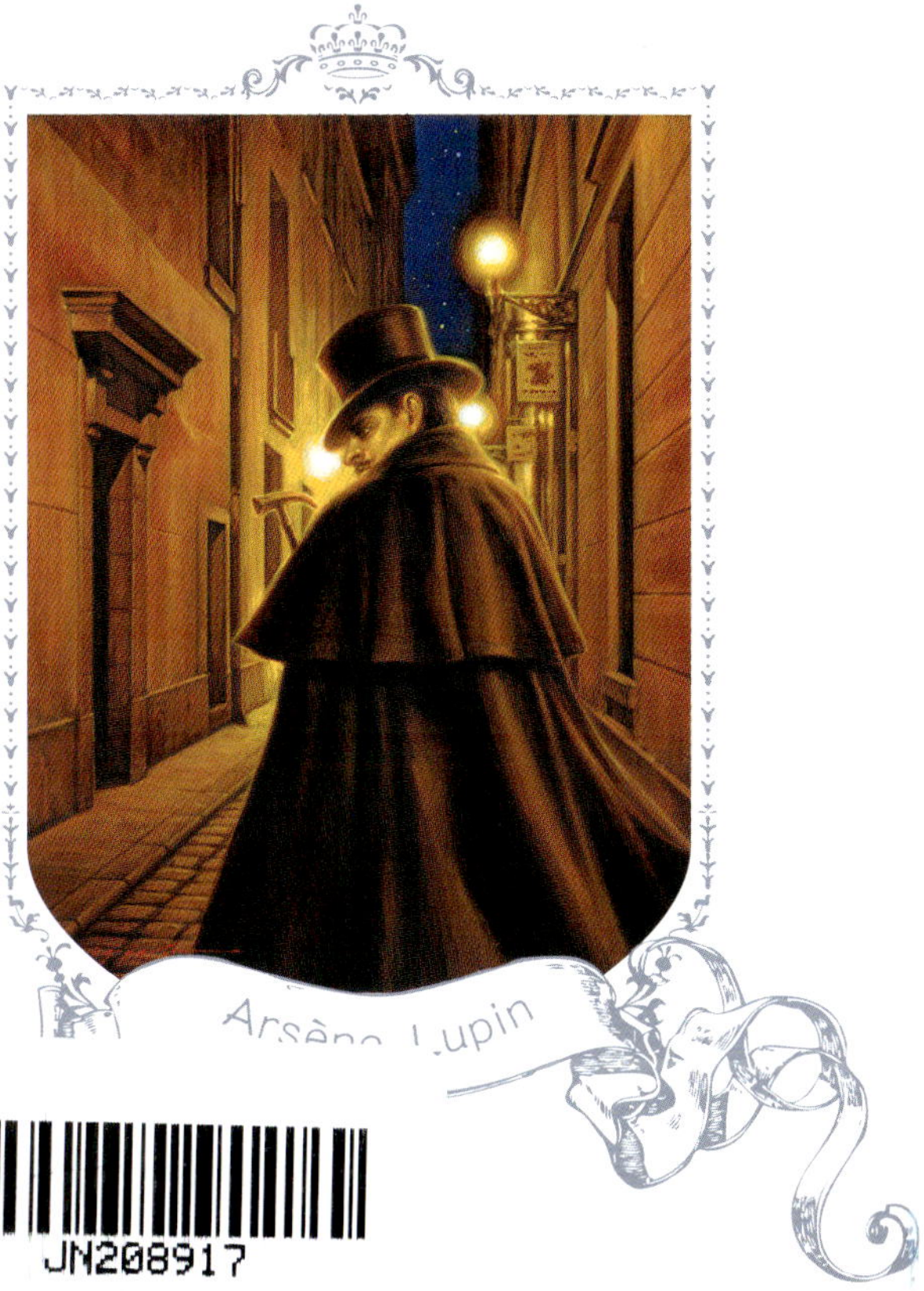

小林泰三　近藤史恵　藤野恵美　真山仁　湊かなえ

みんなの怪盗ルパン

小林泰三　近藤史恵　藤野恵美
真山仁　湊かなえ

ポプラ文庫

目次

最初の角逐

小林泰三

小林泰三（こばやし・やすみ）

1962年、京都府生まれ。大阪大学大学院修了。95年「玩具修理者」で第2回日本ホラー小説大賞短編賞を受賞しデビュー。98年「海を見る人」で第10回SFマガジン読者賞国内部門、2012年『天国と地獄』で第43回星雲賞日本長編部門、2017年『ウルトラマンF』で第48回星雲賞日本長編部門を受賞。著書に『アリス殺し』『記憶破断者』ほか多数。

わたしに会いに来た面会人とは、脚を引き摺《ず》りながら歩く高齢の男性だった。何のことはない。ついさっきオックスフォード街でぶつかった老人だ。

先日レーヌ公園に隣接するオックスフォード街で起きたロナルド・アデイアという青年貴族が殺害された事件に興味を持ち、犯罪現場近くを見学している時のことだった。

とにかく酷《ひど》い黒山の人だかりだった。すべて事件に興味を持ってやってきた野次馬である。ロンドンには多くの暇人がいるらしい。

まあ、かく言うわたしもその暇人に含まれるのかもしれないが。

とにかく、その凄《すさ》まじい雑踏の中で、外国語なまりの大声で自らの推理を滔々《とうとう》と述べる長身の人物がいた。

わたしはてっきり彼は探偵だろうと当たりを付けて、その説明を聞いていたが、全く話にならなかった。

まず、遺体が発見された時に部屋の内側から鍵《かぎ》を掛けられていたのだから、これは明白な密室殺人であると、全く当たり前のことを言う。

さらに窓の高さは二十フィートはあり、しかも窓の下は花壇であり、登ったり下りたりすれば、必ず跡が残るはずなのに、そんな跡はない。かと言って、銃撃したとしても、この街中なら、必ず銃声が鳴り響くはずであり、その点より遠距離からの銃を用いた殺人は考えられない。

では、どうやって、犯人はこの青年を殺害したのか？　ここからが吾輩《わがはい》の名推理であります、とその男は大声で言った。

はて、どのような推理だろうと、わたしは雑踏の中、聞き耳を立てる。

おそらく犯人は壮大なトリックを使ったのであります。それは密室に見せかけて殺人を犯すトリックであると考えられます。

男はここで誇らしげに胸を張った。

わたしは男の話の続きを聞こうと待っていたが、一向に続きが始まらない。

痺れを切らして、ついわたしは、それはどんなトリックなのかと尋ねてしまった。

それは今言ったでしょう。密室に見せかけて殺人を犯すトリックです。

だから、具体的にどういうトリックなんだ？

ふむ。きっと大掛かりな機械を使ったトリックですな。

機械と言ってもいろいろあるだろう。動力にしても、蒸気機関も水力もある。いったいどういった機械だ？

つまり、それは……家全体がからくりになっているような大掛かりなものなのでしょう。

家全体？　そんな大掛かりなからくりがあれば、警察はとっくに気付いているだろう。それにそんなからくりをいったいいつ仕込むというんだい？

それはあまりに巧妙なからくりだから、まだ警察も気付いていないのですよ。いつ仕込んだかというと、家を建築した時が一番怪しいですな。

家を建てた時だって？　いったい全体誰が何の目的で、そんなからくりを仕込んだんだ？

その目的こそが、今回の青年貴族ロナルド・アデイアの殺害であります。犯人はロナルドに積年の恨みを持つ者でしょう。

冗談を言ってはいけない。そもそも、あの屋敷はここ十年や二十年前に建てられたものではない。ロナルドが生まれる遥か前に建てられたものだ。ロナルドに恨みを抱く者が仮にいたとして、どうやって時を遡《さかのぼ》って、家が建つ時にからくりを仕込めるというのだね？

ちょっと待ってください。そんなに矢継ぎ早に質問されても、そうそう答えられるものではないでしょう。吾輩は単に、自分の推理を発表しているだけなのでして、まるで警察が尋問するように枝葉末節を穿《ほじく》り返す質問をされても、到底すべてに答えきれるものではありません。

わたしは完全に失望してしまった。

この男にまともな推理をするだけの頭はない。ただ、自己顕示欲に踊らされるがままに思い付いた出鱈目《でたらめ》を口から出任せで並べ立てているだけだったのだ。

全く無駄な時間を過ごした。

わたしは帰ろうと、回れ右をして一歩踏み出した。

その時に、例の老人にぶつかったのだ。

老人は五、六冊の本を持っていて、それをすべて地面にぶちまけてしまった。

ちらりと書名を見ると『樹木崇拝の起原』だの、『ナコト写本』だの『黄衣の王』だのといったものだった。

商売なのか、趣味なのかは別にして、どうやら珍妙な本の収集家であることは間違いなさそうだった。

これは、わたしの不注意でした。申し訳ありません、とわたしは本を拾い上げながら、謝った。

ちょうど、にわか雨の後で地面がぬかるんでいたので、本の表面が少し汚れてしまった。

老人は真っ青になりながら、震える手で本をわたしの手から引《ひ》っ手繰《たく》ると、わたしを睨《にら》み、この糞《くそ》間抜けがっ、と罵《のの》しり、よぼよぼと脚を引き摺りながら、その場を去っていった。


その老人が今、二階にある書斎の中に立っている。

「わしがここに来たことに驚いているんじゃないですかの?」老人が言った。

「ええ、まあ。なぜここがわかったんですか?」

「先ほどの一件ですが、親切にも本を拾っていただいたにもかかわらず、つい興奮して、失礼な言葉を掛けてしまったのではないかと思い至ったのです」老人は言った。「年のせいかついつい短気になってましての。ぶつかってしまったのは、半分はわしの不注意によるもので、本来、本を拾っていただいたお礼を申すべきなのに、罵倒《ばとう》してしまったことを素直に謝らせていただきたいと思いましての。失礼とは思いながら、あなたの跡をつけさせていただいたのです、ワトソン先生」

「わたしの跡をですか?」

わたしは身構えた。

もし老人の言うことが本当なら、この老人は脚を引き摺っているのにもかかわらず、わたしに気付かれずに尾行に成功したことになるのだ。

「そうです。それというのも、わしは先生のことをよく存じてましての。すぐそこの教会通りの角の古本屋をご存知ですかの？　わしはあそこの者ですじゃ」

わたしは老人の言葉を全く信じていなかった。それどころか、どこかにぼろを出してはいないか、じろじろと観察を始めた。

相手にも気付かれているだろうが、なに構うことはない。こっちが疑っていることを知らせた方が相手の動揺を誘いやすい。

「お詫《わ》びの印と言っては何ですが、ここに数冊の珍本をお持ちしました。『英国の禽鳥界《きんちようかい》』『カツラス』『宗教戦争』『セラエノ断章』『無名祭祀書《さいし》』『水神クタアト』といった本でございます。お気に入られるかどうかわかりませんが、あそこの本棚の隙間《すきま》をお埋めするように並べましょうか？」老人は本棚に向かった。

「何者だ？」わたしは尋ねた。

「何のことですか、ワトソン先生？　わしはそこの古本屋のジョン・スミスという……」

「おまえは古本屋の主人ではありえない。普通の古本屋の主人に尾行されてわたしが気付かないはずがないのだ」

「それは、シャーロック・ホームズ仕込みの探偵術ですか？」

「何だと？」

「尾行を感知する方法はわたしに教わったんだろ、と言ってるんだよ、ワトソン君」老人は言った。

老人の背筋はしゃんと伸び、にこやかな笑みを見せた。

「言っている意味がわからないのだが？」

「わたしはシャーロック・ホームズだ。相棒がわからないのか？」先ほどまで老人のふりをしていた男が言った。

「動くな」わたしはポケットから拳銃を取り出した。「手を挙げろ」

「何のつもりだ、ワトソン君」男は両手を挙げた。

「おまえはホームズではありえない」

「だが、ホームズなのだよ。数分間あれば証明してみせる。変装を解くので、洗面器に水を持ってきてくれ」

「駄目だ。おまえから目を離す訳にはいかない」

「それじゃあ、自分で水を汲《く》むから、見張っててくれ」

「それも駄目だ。何か妙なことをしでかしかねない」

「じゃあ、どうすればいいんだ？」

「わたしを説得しろ。わたしがおまえをホームズだと納得したら、助けてやろう」

「いいだろう。それで、何を言えば、君はわたしがホームズだと納得するんだ？」

「何を聞いても納得できない」

「何を言ってるんだ？」

「おまえは絶対にホームズではありえない。そのことをわたしは知っている。だから、おまえの弁解を聞く必要すらない。ただ、いきなり射殺したのではあまりにも無慈悲だと思うので、チャンスを与えることにしたのだ」

「納得しないと決めているのに、納得させろというのは矛盾していないか？」

「諦《あきら》めるのか？　だったら、今すぐ撃つぞ」

「わかった。君を納得させればいいんだな」男はしばらく考えているようだった。

「君はホームズが死んだという手記を発表したよな。確か『最後の事件』だったかな？」

「読んだのか？」

「ああ。何度も読んだ。なかなか感動的だったよ」

「そこに何て書いてあった？」

「ホームズは犯罪王モリアーティーと共に滝つぼに落ちて絶命したと書かれていた」

「おまえがホームズでない理由として、それだけで充分だとは思わないか？」わたしは言った。

「君はホームズが絶命するところを見たのか？」男は尋ねた。

「いいや。だが、あの手記を読めば、見たも同然だということはわかるだろ？」

「見てないものは見てないのだ。見たも同然ではない」

「何が違うというのだ？」

「状況証拠から得られた推理はあくまで推理だ。真実ではない」

「手記にははっきりと書かれていたはずだ。滝つぼへの道には二人分の行きの足跡はあったが、帰りの足跡は一つもなかった。足跡はホームズとモリアーティーのものだと推定できる。帰りの足跡がないということは二人とも戻ってくることができなかったということだ。つまり、二人とも絶命したという結論になる」

「それは早急というものだよ、ワトソン君。帰りの足跡がなければ、即ち死んでいると考えるのはあまりに短絡的だ」

「ホームズが死んでいないとするなら、帰りの足跡がない合理的な理由があるか？」

わたしは尋ねた。

「それは単純にその道を通って帰らなかったに過ぎないんだよ、ワトソン君」

「道の先は断崖絶壁だ。片側は登りの断崖で、もう片方は下りの断崖だが」

「断崖絶壁とはいえ、いくらかは凹凸があったのだよ」

「いや。そんなものはなかった」

「それは君の記憶違いだ。あの断崖には登るための手掛かりが確かにあった。わたしはなんとか攀《よ》じ登って、僅《わず》かな窪みに身を隠していたのだ」

「そんな窪みなどはなかった」

「いや。確かにあったのだよ」

「意見が食い違うな」

「そうだね。所謂《いわゆる》見解の相違というやつだな。なに心配することはない。話せば理解しあえるものだ」

「見た、見なかったというのは、水掛け論だ。話し合ったとしても、合意に至る可能性は極めて低い」わたしは言った。「どうやら、これ以上、話しても時間の無駄のようだ」わたしは拳銃の狙いを定めた。

「ちょっと待ってくれ、ワトソン君。仮にわたしがホームズでなかったとしても、それだけで、わたしを殺す理由はないだろう」

「自らを死んだ探偵だと名乗る奇怪な人物を野放しにはできない」

「だったら、警察に連絡してくれ。それで済む話だ」

「わたしはおまえをモリアーティーの残党だと踏んでいるんだよ」

「大いなる勘違いだ」男は必死になって弁明した。「では、どうだろう？　ちょっとした思考実験に付き合ってくれないか？」

「何を企んでいるんだ？」

「自分がシャーロック・ホームズであることを証明したいだけだよ」

「証明できるものなら、してみろ」

「では、仮にわたしがホームズでないと考えてみよう」

「仮ではなく、間違いなくホームズではない」

「そのホームズでない人物がなぜ君の許を訪れる必要があるんだ？」

「それはおまえが一番よく知っているはずだ。自分のことだからな」

「わたしは自分がホームズだということを知っているだけだ」

「さっきも言った通り、おまえがモリアーティーの残党なら、辻褄《つじつま》が合う」

「君の著作を信ずるなら、モリアーティーというのは犯罪界のナポレオンとまで言われる大悪党だったね。だが、彼らの一味はすべて逮捕されたんじゃなかったかな？」

「すべてではない。極一部だ。氷山の一角に過ぎない」

「だとしたら、何のためにホームズは自らの命まで懸けたんだ？　そんな僅かな成果のために」

「本来は全ヨーロッパに張り巡らされた犯罪シンジケートであるモリアーティー帝国を完全に破壊する予定だったんだよ」

「どうして、それができなかったんだ？」

「それはもちろん、モリアーティーを生きたまま、逮捕できなかったからだ。やつの身柄を押さえれば、もっと様々な証拠や証言を得られたはずだ」

「つまり、モリアーティーを殺してしまった段階で、ホームズの失敗は確定してしまった訳だ。これって、ホームズにとって、割りの合わないことじゃないかな？　モリアーティーは自分を殺しにくる。だからと言って、返り討ちにすれば、組織の壊滅は不可能になる。反撃せずに殺されてしまった場合ももちろん目的は達成できない。今回はさらに最悪の場合で、自分も敵も死んでしまった」

「おや。ホームズが死んでいることを認めるのかい？」

「もちろん、今のはわたしがホームズでないという仮定の下の話だ。ホームズが死んだとは認めていないよ」男は落ち着いた調子で答えた。「で、その場合、モリアーティーの残党は何の目的で、君を訪れるんだ？」

「そのモリアーティーの残党というのはおまえのことだな？」

「そういう仮定で話しているだけだ」

「モリアーティーの残党の目的はおそらく復讐《ふくしゅう》だろうな」

「ホームズがもう死んでいるなら、誰に対する復讐なんだ、ワトソン君？」

「そこが不思議なんだ。まあ仮説としては、大きく二つ考えられる」

「まずは仮説一から説明してくれ」

「わたしに説明させて時間稼ぎをするつもりか？　お生憎様《あいにくさま》、わたしは説明にたいして時間をとらない。仮説一は『犯人はホームズの生存を信じている』というものだ」

「ホームズが生きていると彼らが考える根拠は？」

「なんとなくだろう。ワトソンを見張れば、そのうちホームズが接触しようとして、尻尾《しっぽ》を出すんじゃないかと考えてこの家に来たんだろ？」

「仮説二はどうなんだ？」

「『犯人は、モリアーティー殺害にホームズだけではなくワトソンも関与していた、と信じている』というものだ」

「なるほど。それだと、君自身がターゲットでもおかしくはないという訳だね、ワトソン君」

「で、おまえはホームズになりすまそうとしたのだから、おまえ自身がホームズの生存を信じている、もしくはわたしがホームズの生存を信じている、と考えているということになる」

「そういうことになるだろうね」

「その状況下で、なぜおまえはホームズになりすます必要があったのだろう？」

「それは君を騙《だま》すためだろうね」

「そうなんだ。なぜ、騙す必要があったんだろう？　もし復讐が目的なら、ホームズになりすますような危ない橋を渡る必要はないのだ。ホームズが現れるまで見張り続けるか、もしくは隙を見てわたしを撃てばそれでよかったはずだ」

「その通り、理屈に合わない。なぜなら、最初の仮定が間違っていたからだ。つまり、わたしはホームズなんだよ」

「わたしはおまえがホームズではないという証拠を握っている」

「もし、そうなら、その証拠とやらを見せてくれないか、ワトソン君」

「おまえに見せる必要はない。おまえがホームズではないことは、わたしもおまえも知っている。それでは、もう一度質問をする。今度は正直に答えてくれたまえ。おまえは何者だ？」

「名乗ってもいいんだけどね」男は観念したように言った。「きっと、言っても誰かわからないと思うよ」

「構わない。その場合は、おまえの名前の項目を人名録に追加するだけだ」

「吾輩の名はルパン……」

「アルセーヌ・ルパンか⁈」

「なんで知ってるんだ？」

「だって、君、去年だったか、アンベール夫婦に酷い目にあったじゃないか」

「どうして、そんな細かい事件まで知ってるんだ？」

「どうしても何も、ヨーロッパの犯罪界では、なかなか有名な事件さ」

ルパンはしばらく黙って、わたしの顔を見ていた。

そして、徐《おもむろ》に口を開いた。「やっとわかったよ、ワトソン先生」

「おや。先生と呼んでくれるのかい？」

「ずっと、年上の人物に対して、君付けは失礼だからね。親子ほども離れている」

「ホームズだなんて言って、わたしが信じるとでも、思ったのか？」

「ホームズは変装の名人だと聞いている。しかも、悪戯《いたずら》好きだと。変装した状態で、ワトソン先生をからかえば、ほぼ間違いなくホームズだと信じると思ってたんだ」

「なかなかいい線を突いているね。計画に失敗したのは、単に君の不運が原因だ」

「ところが、失敗とは言い切れないんだ」

「君は正体がばれて、拳銃を突きつけられている。どこに成功の要素があるというんだ？」

「大きな収穫があったよ」

「負け惜しみを言うんじゃない」

「負け惜しみじゃない。吾輩はわかったのだ。あなたの正体がね、ワトソン先生。……おや、顔色が変わったね」

「それは何のはったりだ？」

「はったりではないよ」

「面白い。では、わたしが何者だというんだ？　聞かせてもらおうじゃないか」

「そのためには、まず順序を踏んだ説明をする必要があるんだが」

「まどろっこしいね。まあいい。君の推理の詳細を聞くのも一興だ。聞かせてもらおう」

「ありがとう、ワトソン先生。吾輩はこの家に入って、ホームズのふりをすれば、すぐさま目的を達成できると考えていた。ところが、あなたは一筋縄ではいかなかった。あなたは吾輩の思い描いていた人間とはまるで違っていたのだ」

「君は不運だった。だが、その不運に気付くのが遅過ぎた。自分の能力を過信したね。若気の至りだと思って温かい目で見てあげることにするよ。ところで、君の目的は何だったんだ、ルパン?」

「吾輩は駆け出しの泥棒ではあるが、ある程度の組織を持っていて、ヨーロッパの各地にアンテナを張っているんだ。そのアンテナの一つに妙な動きが引っ掛かったんだ」

「何が引っ掛かったんだ?」

「セバスチャン・モラン大佐が危険を冒して英国に戻ったという事実だ」

「どうして、それが奇妙だと?」

「モラン大佐はホームズによって壊滅させられた、例のモリアーティーの組織の幹部だったが、官憲の網を逃れて、ヨーロッパ大陸に潜伏していると噂されていた」

「その噂は概ね真実だよ。ただし、さっきも言ったが、組織は壊滅していない。少し傾いただけだ」

「そのような人物が英国に戻る理由は何か考えてみたんだ」

「何か忘れ物を取りに戻ったんじゃないか？」

「とんでもない。復讐だよ。彼は首領を倒し、組織を壊滅――傾かせた張本人であるホームズに対して、復讐を実行しようとしたんだ。彼を帰国に突き動かせるような動機はそれしかない。ということはつまり、ホームズは健在であり、モラン大佐はその事実を摑《つか》んだということになる」

「復讐の対象はホームズではなく、彼の優秀な相棒だったかもしれないよ」

「ワトソン先生、その可能性はない。あなたはホームズのように死んだと見せかけて、姿を隠した訳ではない。もしあなたを殺したいのなら、わざわざこのタイミングでなくても、いつでも殺せただろう」

「うむ。明解な論理だ」わたしは苦笑いをした。「その通り、彼のターゲットはホームズだろう。君の推理力に免じて、一つ告白しよう。ホームズは生きている」

「やっぱりそうか。あなたはすでにホームズに会っていたのだな。だから、吾輩がホームズでないと簡単に見破ることができた訳だ。それで、ホームズは今どこに？」

「わたしから情報を引き出そうとしても無駄だぞ」

「わかった。ホームズの居場所については質問しない。その代わりに別の質問をさせてもらう。さっきから何を言っているのだ？　わたしの正体とは、どういう意味だ？」

「文字通りの意味だ。ホームズはあなたの正体を知っているのか？」

「拳銃で狙われ続ける恐怖で、気が変になったのか？」

「あなたの書いたホームズの驚くべき物語はすべて読んだ。全く驚嘆すべき物語ばかりだった」

「ありがとう」わたしは素直に礼を言った。

「ところが、『最後の事件』を読んだ時、吾輩は強烈な違和感を覚えたのだよ」

「あの作品がお気に召さない読者は多いようだよ」

「ホームズの物語はすべて論理に満ちている。一見不可能に見える犯罪でも、ちゃんと順序立てて、なぜその犯罪が可能であったのか、どうして不可解な現象が起きているように見えるのかを説明しているのだ」

「そういうふうに書くのが方針だからね」

「ところが、『最後の事件』だけは違うんだ。明確な犯罪の記述はなく、突然、この世界にはモリアーティーという犯罪の超天才が存在し、ヨーロッパの犯罪の半分は彼の指示に基づいて実行されているというホームズによる極めて抽象的な説明が始まる訳だ」

「実際、そうだったとしたら仕方がないじゃないか」

「事件の証拠について、あなたは常に客観的に描写してきた、ワトソン先生。しかし、この物語では、そのような描写はすべて放棄して、ただホームズの説明を伝えることだけに専念している。極めて不自然だね。そもそもモリアーティーが実在するのかどうかも怪しい」

「わたしの手記にはちゃんと登場しているよ」

「列車にモリアーティーが乗っていたのを目撃したのはホームズだけで、先生は見ていない。また、滝つぼからの帰り道ですれ違った人物がモリアーティーかどうかも明らかではない。つまり、あなたはモリアーティーを実際には見ていないという言い訳ができるような文章しか書いていないのだ」

「言い訳？　どういう意味だ？」

「後で、様々な矛盾点が出てきた時の言い訳だ。『なるほど。あの時、モリアーティーは存在しなかったのですか。では、あれは彼ではなかったのでしょう』と言えるからね」

「モリアーティーは実在する。裁判で、彼の部下が証言しただろ」

「吾輩は裁判記録を丹念に読んだ。確かに、モリアーティー教授なる人物は登場するのだが、それが犯罪王であるという決め手は乏しかった。……というよりは、皆無だったのだ」

「そう思えただけだろう。記録には書ききれない細かな情報はいくらでもあるのだから」

「モリアーティーが悪のカリスマであるという前提に基づいて、裁判記録を読んでも、矛盾はない。しかし、モリアーティーは単に事件に巻き込まれただけの世間知らずの一数学教師だった、という仮定で記録を読んでも、矛盾点はないのだ。そう。この裁判記録はどちらの解釈でも矛盾しないように、極めて精密に形成されているのだ」

「通常の解釈で、問題ないのなら、それを採用すべきだろう。オッカムの剃刀《かみそり》だよ」

「その通り。だが、どちらが通常の解釈と言えるだろう？　もし、この哀れな一数学教師がヨーロッパで起こる犯罪の大半の容疑を着せられているとしたら？」

「しかし、組織自体は実在したし、その大部分はまだ生きている。モリアーティーがいなかったら、この事実をどう説明するんだ？」

「そこが重要なポイントなんだ、ワトソン先生。もちろん、モリアーティーが実在しなければ、このような組織が出来上がることはなかっただろう。そこで、モリアーティーは実在したと仮定してみよう。ホームズと相討ちとなり、モリアーティーは死んだ。次に起こることは何だろう？」

「現実に起こったことすべてだ。様々なことが起こった」

「確かに、そう見えるが、実は起こるべきだったのに、起こらなかったことがあるのだ」

「何だね、それは？」

「組織の崩壊だ。もしモリアーティーが組織の中心にいて、すべてを取り仕切っていたとしたら、一年も経たぬうちに、瓦解したはずだ」

「部下たちが有能だったのかもしれないぞ」

「もし、先生の手記の内容が正しいとするなら、モリアーティーは極めて慎重かつ利己主義的傾向が強い人間のはずだ」

「わたしもそう信じているよ」

「モリアーティーは自分亡き後の組織の存続について、気にかけるような人物とは考えられない」

「それはそうだろうね。彼は他人の命など、毛ほどにも思っちゃいない」わたしは断言した。

「さて、モリアーティーが死んだ直後に、彼の部下の中の幹部たちが組織を掌握し、以前と変わらず運用できたとしよう。つまり、彼の部下たちは、いつでもモリアーティーの代わりが務められたということになる」

「当然そうなるね」わたしはルパンに同意した。

「そのような状態をモリアーティーが容認するとは思えない」

「どうしてだ？　有能な部下がいた方が組織は運営しやすいだろう」

「そうとは限らないのだ。モリアーティーに何かあった場合、すぐに部下たちで組織の運営が可能だとしたら、モリアーティーに何もなくても部下たちだけで、組織の運営が可能だということになる」

「なるほど。君はそこに目を付けたんだね」

「そういう場合、部下たちはどう考えるだろうか？　モリアーティーに何かがあれば、自分たちは組織を乗っ取ることができる。だったら、モリアーティーに何かが起これぱいいのではないかと」

「犯罪者の考え方だ」

「吾輩は犯罪者なのでね。そして、モリアーティーも彼の部下たちも犯罪者だ」

「その点は同意するよ」

「利己的なモリアーティーがそのような状況を放置するはずがない。彼は組織内の有能な人物が決して自分にとって代わることがないように、慎重にコントロールしたはずだ。すべての情報を持っているのは自分一人で、部下一人一人には断片的な情報しか与えないとか、部下同士が直接接触しないように、通常の連絡経路とは別に密告専用の経路を設けるとか、とにかく自分が存在しなければ、組織の運営はできないようにしていたはずだ。そして、そのような組織は中心がいなくなった途端に崩壊するはずなのだ」

「でも、現に組織は崩壊していない。これをどう説明するんだね、ルパン」

「可能性としては二つある。一つはモリアーティーの死とほぼ同時にモリアーティーと同等の能力を持った人物が彼の位置を奪ったという可能性だ。つまり、新しいモリアーティーだ。ひょっとすると、組織の構成員の多くはモリアーティーが入れ替わったことにすら気付いていないかもしれない」

「新モリアーティー説か、なかなか興味深いね」わたしは言った。「それで、もう一つの説は？」

「『最後の事件』に書かれていることは何も起きなかったということだ。犯人とされて、闇《やみ》から闇へと消え去った数学教授のモリアーティーは無実で、彼とは別に真のモリアーティーがいたという可能性だ」

「『最後の事件』はでっち上げだというのかい？　それは聞き捨てならないね」

「しかし、それこそがすべてを説明できるんだ。『最後の事件』はモリアーティーとホームズが同時に消え去ることの言い訳となる。おそらく、真のモリアーティーはホームズを消し去った時に、自分も死んだことにしたのだ。そうすれば、さらに自分の身は安泰となる。ホームズとモリアーティーが相討ちとなり、二人とも死んでしまう筋書きは、最大の敵を葬ると共に自分の身を守るというまさに一石二鳥の計画だったのだ」

「今度は、真モリアーティー説か。で、その真のモリアーティーはどこにいるんだい？」わたしは尋ねた。

「ここだよ、ワトソン先生。いや、モリアーティー」ルパンはわたしを睨み付けた。

「わたしがモリアーティーだって？　これは愉快だ」わたしは微笑《ほほえ》んだ。

「だが、そう考えると、すべてに納得がいく。ホームズが死んでくれたら、彼の最期を証言できる者は、あなたしかいなくなる。すべては、あなたの書きたい放題だ。あなたの都合のいいモリアーティー像をでっち上げて、それを殺せば誰もがホームズ最大の敵は死んだと思うだろう」

「医者をしながら史上最大の犯罪組織を運営するなんて、超人的な真似ができると思うのか？」

「モリアーティーは数学教師をしながら、それをやったことになっているぞ」

「医者だけじゃない。ホームズの相棒も務めた」

「史上最大の探偵――つまり、自らの仇敵《きゆうてき》のすぐ傍にいて、彼の言動をすべて知ることができるのだ。犯罪組織の首領としては、最高の立場じゃないか」

「つまり、ホームズと知り合ったことで、犯罪王になったと言いたいのか？」

「おそらく逆だろう。あなたは元々犯罪王だったのだ。意図的にホームズと知り合いになったのか、もしくは本当に偶然知り合ったのかはわからない。いずれにしても、どこかの段階で、この遠大な計画を思い付いたんだ。なんらかの方法で、ホームズを亡き者にし、その後でホームズとモリアーティーなる超人的な犯罪王が戦い、二人とも死んでしまうという悲劇を発表する。全く完璧な計画だ」

「酷い妄想だね、ルパン」

「妄想じゃない」

「じゃあ、どういう根拠があって、そんなことを思い付いたんだ？」

「あなたが吾輩のことを知っていたからだよ、モリアーティー。いったいどこの開業医が外国の駆け出しの泥棒の名前を知っているというんだい？　吾輩の名前を知っているということは自らが相当犯罪に深入りしているということを白状しているも同然だ。さっき収穫があったと言ったのはこのことだ。ワトソンがモリアーティーだとわかったら、愛すべきイギリス国民はいったいどう思うんだろうね？」

「それはつまり、ついさっきまで、君はわたしをモリアーティーだとは考えていなかったってことだね」

「ああ。夢にも思わなかったよ」

「じゃあ、そもそも君は何の目的で、わたしに近付いたんだ、ルパン？」

「ホームズの持っていた資料だよ。吾輩はモリアーティーの組織の情報が知りたかったんだ」

「なぜそんなものが必要なんだ？」

「吾輩は自らの組織をモリアーティーにも引けをとらない犯罪組織に育て上げたいと考えているんだ。モリアーティーの組織の情報が欲しい理由は主に二つだ」

「一つ目は？」

「組織作りに、モリアーティーの組織を参考にするためだ」

「モリアーティーの組織は国家に匹敵する。駆け出しの泥棒には不似合いだ」

「いや。吾輩の目標はまさに国家レベルの犯罪組織なのだ」

「そうだな。若い頃は大きな夢を見た方がいいだろう」わたしは溜め息をついた。

「それで、もう一つの理由は？」

「もちろん、モリアーティーの組織と戦うためだ」

「戦うだって？　やつらと戦うのは、国家と戦うも同然だぞ」

「だからこそ、敵の情報が必要だったのだ。将来、吾輩が国家規模の犯罪組織を作り上げた時、各国の警察が敵になることは間違いないだろう。だが、それら以上に恐ろしいのは、同等の規模を持つ別の犯罪組織だ。なにしろ、元々が非合法組織なので、法律に縛られることはない。国境を越えて、様々な武器やノウハウを使って、吾輩の組織に戦いを仕向けて来るに決まっている。彼らと戦うには、彼らの組織の情報がどうしても必要なのだ」

「モリアーティーと同等の組織を作って戦うつもりだったとは。君には、本当に驚かされるよ、ルパン。……で、どうしてそのモリアーティーの資料がここにあると踏んだんだ？」

「簡単なことさ、それほど重要な書類を銀行の貸金庫などに預ける訳にはいかない。むしろ、過去の様々な犯罪を研究し尽くしたホームズ自身が有する可能性が高いと思われたんだ。ただし、ホームズの家は現在空き家になっており、重要書類を保管するには不都合だ。となると、保管場所はワトソン邸に絞られる」

「ホームズを騙《かた》った理由は？」

「ホームズ自身なら、自分の資料を持ち出しても不自然ではないからだ。吾輩はモリアーティーの残党をずっと見張っていた。そして、今回突然の動きがあった。これはつまりホームズに動きがあったということに相違ない。チャンスはホームズがワトソンに接触する直前しかない。その一瞬の隙を突いて、吾輩は変装したホームズに扮《ふん》して、ワトソンから資料を奪おうと計画したのだ」

「君は本物のホームズを見たことがない。だから、ホームズに変装することは不可能だが、誰か別人に変装したホームズに変装することは可能だと考えたんだな」

「全くその通りだ。唯一の誤算は、間抜けだと思っていたワトソンが実は大悪党のモリアーティーだったということだがな」

「それは人違いだよ」

「吾輩の言うモリアーティーとは、数学教師一個人のことではなく、あなたが手記において、モリアーティーの組織だと言い張った国際的な犯罪シンジケートの中心人物のことだ。単なる人名のモリアーティーではない」

「いや。そういうことではなくて、君は根本的な人違いをしているのだよ、ルパン」

「この期に及んでまだ言い逃れをするつもりか?!」ルパンはわたしを睨み付けた。

「ホームズ、大変だ!!」窓の外から大声が聞こえた。「外で変な輩《やから》が家を見張ってるぞ!!」

わたしはその声に一瞬注意を削がれてしまった。

だが、ルパンはその瞬間を逃さなかった。身を翻《ひるがえ》すと、今まで身に纏《まと》っていた外《がい》套《とう》を自分とわたしの間に大きく広げながら、投げつけてきた。

「しまった!!」わたしは外套越しに拳銃を二発発射した。

だが、ルパンはすでに同じ場所にはいなかった。わずか二、三秒で、老人の姿は掻《か》き消え、その代わり、シルクハットを被り、片眼鏡《かためがね》をかけ、夜会服に身を包む奇怪な紳士が窓枠のすぐ近くに現れた。手に持つ杖を馬鹿にしたようにくるくると回している。

「これは驚いた。外で叫んだのは、ワトソンなのかい?」ルパンは尋ねた。

わたしは頷《うなず》いた。「だから、人違いだと言っただろう?」

「なるほど。シャーロック・ホームズ自身に自分はシャーロック・ホームズだと自己紹介しても、絶対に信じるはずはないものな。これは完全に吾輩のミスだ」

「ロンドンにホームズが向かっているという情報を流したのは、わたし自身だ。モラン大佐は組織運営に邪魔だったんでね。わたしはやつらを待ち受けるために、一足早くロンドンに戻っていた。だが、まさか別の泥棒が引っ掛かるとは思いもしなかったよ」

「ホームズ!!」

「ルパン!!」

窓の外から二人の叫びが同時に響いた。

「ルブラン!」ルパンは窓から飛び降りた。

わたしは窓辺に駆け寄った。

ワトソンは三十歳前後に見える若い男を羽交い締めにしていた。先ほど、オックスフォード街で出鱈目の推理を披露していた男だ。

ルパンはワトソンに飛び掛かり、瞬時に制圧した。そして、若い男を助け起こすと、二人で走り出した。

わたしは舌打ちをすると、階段を駆け下りた。さすがに二階の窓から飛び降りて、無傷でいられる自信はなかったのだ。

「ワトソン!」

彼は玄関の前で伸びていた。

「大丈夫か?」

ワトソンは後頭部を押さえて、首を振った。「なんだか、わからない。変な術に掛かったみたいだ」

「僕も二階の窓から見ていたが、あれは日本の柔術だな」

「すぐやつらを追おう。どっちに行った?」

わたしがルパンたちの消えた路地を指差したまさにその瞬間、当の路地から自動車が飛び出し、真っ直ぐこちらに向かってきた。

わたしはワトソンを突き飛ばしながら、自分もその場から飛び退いた。

自動車は雨上がりの泥を撥《は》ねながら、猛スピードで突っ走っていった。

「何だ、あれは?!」ワトソンは叫んだ。

「自動車だろ。知らないのか？」

「知ってるさ。だけど、赤旗法があるから、事実上ロンドンで自動車は走れないはずだ」

「あいつらは、犯罪者なので、法律は守らないのさ」

「犯罪者だって？　何者だ？　モリアーティーの組織の一味か？」

「違う。フランスの新人泥棒だ。名前はルパンだ。アルセーヌ・ルパン」

「初耳だね」

「彼は極めて優秀な若者だよ。君は全く勉強不足だね。君の手記によると、君は僕から聞いた時、モリアーティーについても初耳だったそうじゃないか」

「そういうことにしておいた方が都合がいいだろ？」

「いくらなんでも、ずっと僕と行動を共にしてきた君が我が生涯の宿敵について、何も知らないのは不自然だろう」

「すまない。今度から気を付けるよ」

「それに、あの話にはトリックも推理も全く出てこない。ホームズ最後の事件だというのに、あまりに地味すぎるぞ。身を隠していたので、君にすべてを任せたのが間違いだった。やはり、いつものように僕が監修すべきだったんだ」

「そんなことより、このままじゃ、ルパンとかいう若造に逃げられちまうぞ」

「そうだった！」

わたしは道路に飛び出して、客を乗せている辻馬車を強引に止めた。

「金はいくらでも出す。この馬車を譲ってくれ」

「断る！」馬車に乗っていたのは気難しそうな老人だった。「三時までに約束の場所に行かなけりゃならないんだ。今から、他の馬車を探す時間はない」

「仕方がないな」わたしは内ポケットに手を突っ込んだ。

「だから、金をいくら積んだからといって……」

わたしが取り出したのは拳銃だった。

「ひいっ‼」老人は馬車から飛び降りた。

「悪い。緊急事態なんだ」ワトソンが言った。

「ちゃんと、正規の料金を払うから、この轍《わだち》を追ってくれ」わたしは御者に呼び掛けた。

ワトソンもわたしに続いて、馬車に飛び乗った。

「このことは忘れんぞ！　おまえは何者だ？」老人が叫んだ。

「アルセーヌ・ルパン。フランスの怪盗だ」わたしはそう答えた。

この老人が真に受けたとしても、ロンドンでの知名度があがるのだから、ルパンも目を瞑《つむ》ってくれるだろう。

道路がぬかるんでいてくれて助かった。はっきりとルパンの通った跡がわかったのだ。ルパンは慣れない土地を走るのに苦労しているようで、何度も道を変更していた。

だが……。

「ルパンに赤旗法を守る気がないとしたら、馬車で追い付くのは難しいだろうな」

わたしはワトソンに言った。

「確かにそうだな。もう捕まえるのは諦めるか？」

「諦めるのはまだ早い」わたしはポケットから地図を取り出し、ルパンの通り道を記入した。「どう思う？」

「何度も道を変更しているな」

「そう。彼はその道が目的地に着かないと気付いた時点で、別の有望そうな道に変更しているようだ。我々には土地勘がある。ルパンの目的地がわかれば先回りできるはずだ。彼の目的地はどこだと思う？」

「セント・ジェームズ・パークじゃないかな？」ワトソンは言った。

「いや。おそらくハンガーフォード橋だろう。橋を渡ったところで、車を捨てて鉄道に乗り換えるつもりだろう。川の向こうにはいろいろな路線が通っているので、逃げるのに、都合がいい」

「間違っていたら、どうする？」

「このままだとどうせ追い付かないんだ。橋に先回りしよう」

わたしは御者に命じて、ハンガーフォード橋に向かわせた。


程なくして、橋の袂《たもと》に到着した。

ルパンの自動車の姿はない。

しまった。やはり見込み違いだったか……。

そう思った時に、微《かす》かに自動車のエンジン音が聞こえてきた。

「ホームズ、あそこだ！」ワトソンは指差した。

自動車はテムズ川沿いの道を進んでいた。だが、橋からは離れていく方向だ。

わたしは御者にルパンの車を追うように言い付けた。

「おい、ホームズ、ルパンはあんなところでどうするつもりだ？　ひょっとして、観念して川に身投げでもするつもりか？」

「おそらくルパンにはその気はないだろう」

「どうしてそう言い切れるんだ？」

「自動車まで用意して、その理由が身投げだなんて馬鹿げている。何か勝算があるはずだ」

追い付かないのではないかと思ったが、意外にもルパンは自動車を止めた。そして、ルパンともう一人の人物はテムズ川の川岸に向かって走り出した。

馬車を自動車の横に止め、わたしとワトソンは御者に金を渡して、二人を追い掛けた。

「やっぱり身投げみたいだぞ」ワトソンが言った。

「違う。あれを見ろ」わたしは水面を指差した。

「ありゃりゃ、いったい何だ？」

ルパンは我々の方を振り向いた。「どうやら吾輩の目的地を推測されたみたいだな？　それで、どうする？　吾輩たちを撃つのか？」

「いや。撃つ気はない」わたしは息を切らしながら言った。

「じゃあ、なぜ追ってきたのだ？」ルパンの方の呼吸は乱れていない。

　畜生。若造が。

「いくつか訊《き》きたいことがあってね」

「奇遇だな。吾輩も訊きたいことがある」

「じゃあ、先に訊いてくれ」

「いや。そちらからでいい。その代わり一問ずつ順番ということにしよう」

「ええと、じゃあ……」ワトソンが口を開いた。

「そっちの男は誰だ？」わたしはワトソンの言葉を遮った。「さっき、オックスフォード街で珍妙な推理を披露していたのは、わたしのことを見張るためだったんだな。ワトソンの家から出てきたわたしのことをすっかりワトソンだと思い込み、動きを見張って、ルパンにぶつかるタイミングを指示していたのだろう。名前は何と言ったかな？　確か、ル……」

「彼は吾輩の伝記作家になる予定の人物だ。あなたにとってのワトソンに相当する者だ」

「いいだろう。じゃあ、そっちの番だ」

「ええと。結局、モリアーティーはどっちなんだ？　あなたか？　それとも、ワトソンか？」

「どっちでもないな。モリアーティーとはつまり、ハリケーンの目のような存在なんだ。すべての事件の中心にいて、要《かなめ》になっているが、それ自体は空虚なんだ。つまり、モリアーティーがいるということが重要なんだ。時々、彼のふりをして、電報か電話で指示を出せば、組織はうまい具合に回転してくれる」

「では、そちらの二番目の質問を」

「川から出てきたあれだが、潜水艇か？」

「その通りだ」

「いったい全体、どうやればそんなものが手に入るんだ？」

「質問は一つずつ順番だと言ったろう？」ルパンが言った。

「ああ。訊いてくれ」

「モリアーティーの組織を運営している訳は何だ？」

「組織が瓦解しないためだ」

「悪の組織が崩壊するのは、望ましい事ではないのか？」

「いや。そうでもないんだ。モリアーティーを倒したのはいいが、もしそのまま放置すれば、統率された大きな組織は、何百もの制御されない小さな組織に分裂してしまうだろう。それぞれがモリアーティーの犯罪知識を中途半端に持っている。そんな犯罪集団をヨーロッパ中に撒《ま》き散らしたら、それこそ目も当てられない。それを防ぐために、我々は悪の首領の役割を背負ってるんだよ。次はこっちの番だな。潜水艇のことはもうどうでもいい。ワトソン、何か訊きたいことはあるか？」

「ええと。……そんなに急に言われても……」

「さっき何かを訊こうとしたんじゃないのか？」

「君たちの会話を聞いているうちに忘れちまったよ。きっとたいしたことじゃなかったんだろう」

「じゃあ、もういいな」わたしはポケットから手帳を取り出し、ルパンに向かって投げた。

「受け取れ」

ルパンは手帳を摑むと、中を開いた。「暗号だな。何だ、これは？」

「君が欲しがっていたものだ。モリアーティーの組織の情報だ。それがあれば、あの組織を支配できる。悪いが、暗号は自分で解いてくれ。おそらく君ならできるだろう」

「モリアーティーの組織を吾輩にくれるというのか？」

「厄介なものを押し付けたいだけだ。探偵業の片手間に、世界最大の犯罪組織を運営するのはあまりに荷が重い」

「いいのか、これだけのものを吾輩に与えて？　悪の限りを尽くすぞ」

「君なら、モリアーティーの組織を崩壊させずに、運営できるだろう。無秩序な何百の組織よりも秩序ある一つの組織の方が遥かに平和だ」

「では、有難くいただいておく」ルパンとその友人は潜水艇の甲板に飛び乗った。

「失礼するよ。今からノルマンディーにとんぼ返りしなくっちゃならないんだ。モリアーティーほどではないが、かなり厄介な怪物と対峙する予定なんでね」

「ああ。知ってるさ。彼女は手強いぞ。だが、君ならやれるだろう。去年のような失敗は繰り返さないだろうからね」

　ルパンは不敵な笑みを浮かべると、艇内へと姿を消した。

　潜水艇は潜航を始め、すぐにどこにいるかわからなくなった。

青い猫目石

近藤史恵

近藤史恵（こんどう・ふみえ）

1969年、大阪府生まれ。93年『凍える島』で第4回鮎川哲也賞を受賞しデビュー。2008年『サクリファイス』で第10回大藪春彦賞を受賞。主な作品に『エデン』『タルト・タタンの夢』『岩窟姫』『スーツケースの半分は』『シフォン・リボン・シフォン』など。

その年、ぼくには幸福と困難が同時に訪れた。

初夏の日差しのような穏やかさに包まれていたかと思うと、いきなり嵐の海に投げ出されて、命からがら生き延びる。そんな一年をぼくは過ごした。たぶん、孫の代まで語り続けることができるだろう。

幸福のひとつは、初恋の人、シモーヌとの再会だ。シモーヌは、子供の頃、ぼくの家の近所に住んでいた。いつも修道女のように地味な灰色のドレスを着て、母親の陰で微笑《ほほえ》んでいた。

目立たない娘だったが、教会などで会い、何度か会話をするうちに、ぼくは彼女の賢さと、控えめな美しさに恋をした。

人参が美しい花を咲かせることを知る人は、それほど多くない。白いレースのような可憐《かれん》な花で、ぼくはそれを見るたびにシモーヌを思った。

だが、ぼくが十五歳、彼女が十三歳になったとき、彼女は母親の再婚のため、シャンティイを出て、パリに引っ越してしまった。当時は、彼女を追うこともできず、ようやく十九歳でパリに出てきたものの、ぼくはシモーヌを見つけることはできなかった。もしかすると、すでに誰かと結婚して妻になっているかもしれないと思うと、胸が張り裂《さ》けそうな気がした。

死に物狂いで探せば見つけられたかもしれないが、ぼくにはそれができない理由があった。

ぼくは売れない画家に過ぎず、結婚してもシモーヌを幸せにすることなど、とてもできない。自分ひとりが、狭い屋根裏部屋で生活していくのが精一杯で、その家賃さえ、たびたび滞った。

ただ、彼女が幸せに暮らしていることを祈ることしかできなかった。

彼女を思って、よく人参の花の絵を描いた。白いレースのような可憐な花は婦人たちに受けがよく、安い値段だがときどき売れて、ぼくは糊口《ここう》をしのぐことができた。

ぼくとシモーヌが再会できたのも、その人参の花の絵のおかげだった。

絵を買ってくれた老婦人——ヴィルヌーブ夫人が、ぼくのことも気に入ってくれて、自宅に招いてくれたのだ。そのサロンで、ぼくは二十三歳になったシモーヌと再会した。

シモーヌは、ヴィルヌーブ夫人の姪《めい》で、同じ屋敷に住んでいた。

シモーヌの母、マリアンヌが再婚したのがヴィルヌーブ夫人の弟であるドリエッシュ氏だったが、ドリエッシュ氏は二年前に事故で命を落とした。

自らも夫を早くに亡くし、ひとり住まいだったヴィルヌーブ夫人は、シモーヌとマリアンヌを屋敷に呼び寄せて、一緒に暮らしていたのだ。

屋敷は、パリ十六区のパッシーにあり、パリ市内とは思えないほどの豊かな敷地を誇っていた。

ヴィルヌーブ夫人には子供がおらず、屋敷と所持する宝石のほとんどをマリアンヌとシモーヌに相続させるのだと聞いたときには、めまいのようなものを感じた。

再会できたことはうれしかったが、ぼくとシモーヌの間にはもう越えられない壁ができてしまっていた。ぼくたちは、ひさしぶりの再会を喜び、短い会話を交わしたが、それだけだった。

それはなんという孤独な幸福だろう。

彼女は美しく成長し、誰のものにもなっていなかったが、この先、ぼくのものになることもないのだ。

髪は老女のように小さくシニヨンにまとめ、相変わらず灰色のドレスばかり着ていたが、その美しさは隠しようもなかった。

彼女は誰の求婚も断り続けていた。シモーヌの母親のマリアンヌは華やかな女性で、しょっちゅうサロンに人を招き、大勢の人を出入りさせていたが、シモーヌは、自室や庭で本を読んだり、絵を描いたりすることの方がずっと好きで、サロンではただ、お茶を飲んで、静かに微笑んでいるだけだった。

ぼくが、ヴィルヌーブ夫人の屋敷に、頻繁に出入りするようになったのは、夫人からの頼みだった。

彼女は自分の邸宅を愛していた。四季折々に移り変わる中庭の様子を愛していた。それを絵にして、いつでも眺められるようにしておきたいというのが、夫人の頼みだった。

ぼくは彼女に請われるまま、ヴィルヌーブ夫人の邸宅と庭を絵に残す仕事を引き受けた。

それはすなわち、一年間シモーヌのそばにいて、彼女の姿をときどき眺めたり、ことばを交わしたりできるということである。

だがたった一年だ。もし、ヴィルヌーブ夫人がぼくの絵に満足すれば、これからもサロンに顔を出すことはできるかもしれないが、シモーヌがこのまま結婚もせず、ヴィルヌーブ邸に留まり続けるかどうかはわからない。

ぼくの恋と幸福は、不安定な足場の上にようやく立っている有様だった。

そんな日常に事件という風穴が開いたのは、ぼくがシモーヌと再会してから三ヶ月ほど経った日のことだった。

その日、ぼくは新しいカンバスを手に、ヴィルヌーブ邸へと向かった。先月、夏のヴィルヌーブ邸を描き終わり、夫人に見せて喜ばれたばかりだった。

秋の、落葉がはじまる中庭を描くのにはまだ早いが、それでも中庭でスケッチをしていれば、シモーヌが通りがかるかもしれないし、サロンの茶会に誘ってもらえるかもしれない。

ヴィルヌーブ邸に到着すると、メイドのサンドリーヌが小走りで駆けて行くのが見えた。ひどくあわてている様子で、なにがあったのかと不思議に思う。

ヴィルヌーブ夫人に挨拶をするため、廊下を歩いていると、シモーヌとばったり会った。

「ああ、ディディエ！」

シモーヌは青ざめた顔でぼくに駆け寄った。

「なにかあったのかい」

サンドリーヌのことも気になったし、屋敷の空気がざわついているような気がする。

「大変なの。アルセーヌ・ルパンから伯母様《おばさま》に手紙が届いたの」

「アルセーヌ・ルパンからだって？」

アルセーヌ・ルパンの名前を知らない者など、フランス中どころか、ヨーロッパ中にもいないだろう。稀代《きたい》の怪盗紳士。彼に盗めないものなどなにもないという。

シモーヌの話によると、その手紙は今朝早く、郵便受けに投げ込まれていたらしい。

「今日から一週間後に、マダムの宝石のコレクションをいただきに参ります。手荒な真似はいたしませんし、お屋敷のご婦人たちに危害を加えるようなことは一切ありません。警察に連絡されるのはご自由ですが、どのような警備も無駄なことはご存知の通りです。これも運命と覚悟をお決めになることをお勧めします。私は特に、青い猫目石を所望しておりますので、それは間違いなくいただきに参ります。

親愛なるヴィルヌーブ夫人へ　怪盗紳士アルセーヌ・ルパン」

ラベンダー色の高級な便箋《びんせん》に、そう記された手紙を読んだヴィルヌーブ夫人は失神し、シモーヌの母のマリアンヌも真っ青になって、おろおろしているらしい。

「警察には？」

「これから知らせるところよ」

たとえ警察が百人以上いても、ルパンが盗むと決めたものを守ることなどできない。それは知っているが、なんの抵抗もしないわけにはいかない。

「ヴィルヌーブ夫人の宝石コレクションというのは、それほど貴重なものなのかい」

シモーヌは頷《うなず》いた。

「亡くなった小父《おじ》様は宝石商だったから、伯母様はこのお屋敷の何倍も高価な宝石をお持ちだそうよ。中でも青い猫目石は、とても値がつけられないほど高価な品だとか……」

ぼくは宝石のことはよくわからない。猫目石という宝石がどんなものかも、その青色のものがどれほど高価かも。

だが、それはヴィルヌーブ夫人の財産であり、アルセーヌ・ルパンといえども不当に持ち去っていいようなものではない。

シモーヌは小さなためいきをついた。

「伯母様にとって、思い出の品もたくさんあるのよ。なんとか盗まれずに済む方法があればいいけれど……」

シモーヌ自身は浪費家ではないし、宝石を身につけているところなど見たことはない。だが、ヴィルヌーブ夫人の財産はいずれ、シモーヌの生活を支えるものになるはずだ。

サロンには三人の男がすでにきていた。いずれもサロンでよく見かける顔だ。

「ガニマール警部は、別の事件でマルタ島にいるらしい。こんなときにルパンからの予告状が届くなんて……」

前屈みになって、ピアノの椅子《いす》に腰を下ろしているのは、スペイン人ピアニストである、リカルド・レゲスだ。ヴィルヌーブ夫人のお気に入りの若い男であり、彼女の愛人という噂さえある。年齢といえばぼくとそう変わらない。ヴィルヌーブ夫人とは親子というより、祖母と孫くらい離れているだろう。

黒い髪と浅黒い肌、なかなかの美男で、いつも愛想よくぼくに話しかけてくれる。彼自身は、愛人という噂が立っていることには胸を痛めている。リカルドのピアノの才能を認めた夫人が、援助をして教育を受けさせたというだけで、噂されるような関係ではないと自分では言っていた。

つまり、ぼくと同じような立場であり、下手をすればぼくも、リカルドのような噂を立てられるかもしれない。

「本当に、ルパンからの手紙なのか？」

怪訝《けげん》な顔をしているのはアルチュール・アンリだ。彼はヴィルヌーブ夫人の医師でもあるが、マリアンヌの愛人でもある。アルチュールの場合は噂ではなく、本当に愛人のようだ。ふたりで庭で愛をささやき合っているところを何度も見かけた。

正式に結婚をしないのは、マリアンヌがヴィルヌーブ夫人の庇護《ひご》下にいる方が裕福な暮らしができるからに違いない。

「偽物で悪戯《いたずら》ならば安心なんだがな」

壁にもたれて、そう言ったのは、ルネ・ビランクだ。

彼は、シモーヌの求婚者だ。ヴィルヌーブ夫人の遠縁にあたり、基本的には物腰も柔らかで人当たりがいい。ヴィルヌーブ夫人だけではなく、マリアンヌも彼のことを気に入っているように見える。

シモーヌはまだ返事をしていないというが、いつも楽しげに会話をしている。それを見るたびに胸が張り裂けそうになる。

ルネがちらりとぼくを見た。

「もしかすると、ルパンはずっと前からこの屋敷に出入りして、ぼくたちの近くにいるのかもしれないぞ。なんたってルパンは、変装の名人なんだから」

ぼくを見ながらそう言うのは、このサロンにいる男の中で、いちばん新しく屋敷に現れたからだろう。

リカルドは数年前からヴィルヌーブ夫人の援助を受けているし、アルチュールだって一年以上前から夫人の主治医である。

ルネはこの春から顔を出すようになったというが、夫人の親戚だから、身元には間違いがない。

ぼくだけが、ただ絵を気に入られたというだけの理由で、ここにいる。

紅茶を淹《い》れていたシモーヌが、助け船を出してくれた。

「ディディエのことは、子供の頃からよく知っています。彼がルパンの変装だなんてことはありえないわ」

ルネは険しい顔で口を閉ざした。

シモーヌがぼくをかばったことが気に入らないのだろう。これまでも幾度となくこっそりと嫌がらせをされた。

ぼくは、ルネから目をそらしてアルチュールに尋ねた。

「ヴィルヌーブ夫人は大丈夫なのですか？」

「ああ、ショックを受けているがそれだけだ。ブランデーを飲んで休んでいる」

なんとなく、サロンに居づらくなって、ぼくは腰を上げた。

「ぼくは庭で絵を描いているよ。噴水のところにいるから、用があるようだったら声をかけてくれ」

サロンを出て行くとき、シモーヌが心配そうにぼくを見ているのに気づいた。彼女の優しさに胸が熱くなる。

屋敷を出て、ぼくは庭に向かった。噴水のそばに小さな椅子を置いて、腰を下ろし、スケッチをする。

ヴィルヌーブ邸は、いつも、もの悲しいような美しさを帯びていて、ぼくはそこが好きだった。内装はフリードリヒ・ロココ様式の華やかで美しいものだが、外観はむしろ慎ましい佇《たたず》まいで、女主人の館にふさわしい。

静かに鉛筆を動かしていると、サロンでルネから受けた扱いのことも少しずつ忘れていく。ただ、シモーヌの悲しげな瞳だけが頭に残った。

夕方近くになり、警察官たちが屋敷に入って行くのが見えた。ぼくのところにもなにか聞きにくるかと思ったが、わざわざ話を聞くような相手でもないと思われたのか、誰もこなかった。

ルパンの手下だと怪しまれるよりはいいが、自分などものの数にも入っていないようで少し寂しく感じるのも事実だ。

次第に薄暗くなってきたので、ぼくはスケッチブックを閉じた。借りている椅子を返すために屋敷の裏手に行く。

物置に椅子を仕舞って、ドアを開けて外に出ようとしたとき、かすかな話し声が聞こえた。男女の声だ。とっさに物置の中に身を潜める。

「困ったわ……宝石が盗まれてしまったらこれまでの計画がすべて水の泡じゃない」

声の主はマリアンヌだった。シモーヌの母親だが、年齢に似合わぬ妖艶《ようえん》さを持っている。アルチュールの他にも恋人がいるらしいという話を聞いたことがある。

「ぼくはかまいませんよ。あなたがそばにいてくれれば……」

もうひとりの声を聞いて、ぼくは息を呑《の》んだ。ルネだった。

「シモーヌのことはどうするの？　求婚を取り下げるの？」

「取り下げたって彼女は傷ついたりしませんよ。ぼくのことなんか別に好きじゃないように思えます」

「そこを好きにさせるのが、あなたの腕の見せ所じゃないの」

マリアンヌの声は甘く、誘うようだ。衣擦《きぬず》れの音がして、ふたりがくすくすと笑った。まるで睦言だ。

ぼくはドアのこちら側で凍り付いていた。マリアンヌとルネは通じ合っているのだろうか。だとすれば、なぜルネはシモーヌに求婚したのだろう。

「本当に悪い方ですね。自分の娘がもらうはずの宝石を、自分のものにしようだなんて」

「あの子、宝石にはまったく興味がないのよ。それにわたしのものになったところで、結局最後に相続するのはあの子でしょう」

話しながら声が少しずつ遠ざかっていった。話の続きを聞けなかったのは残念だが、立ち聞きしていたのが見つかるよりはいい。

ぼくは物置を抜け出すと、屋敷に戻った。ちょうど、玄関を入ったところには夫人お抱えの弁護士、スルトレがいた。ルパンの予告状の件で、やってきたのだろう。

「予告状のこと、聞いたよ。夫人は？」

スルトレは小さく頷いた。

「夫人は大変心を痛めていらっしゃいます。思い出の品もたくさんありますし、なにより、夫人は宝石の大部分をシモーヌ様に贈与するつもりだったのです」

驚いて、ぼくは目を見開いた。

「マリアンヌさんじゃなくて……？」

「ドリエッシュ夫人には、この土地と屋敷を。そしてシモーヌ様には宝石を、というのがヴィルヌーブ夫人のお考えです。シモーヌ様は、そう遠くない時期に結婚してお屋敷を出ることになるでしょうから、そのときにいくつかの思い出の品を残して、贈与されることになっていたのです」

ある意味、公平と言えば公平だ。マリアンヌは派手好きだから、彼女にすべて譲ることになると、シモーヌの手には渡らないかもしれない。

先ほどのマリアンヌとルネの会話を思い出した。

マリアンヌは、シモーヌの手に宝石が渡ることを阻止しようとしているのだろうか。

もし、ルネとシモーヌが結婚すれば宝石はルネのものにもなる。そこで安く買い取るなりしようとしているのかもしれない。

そこにアルセーヌ・ルパンが現れて、ふたりはあわてた。このままでは計画がすべて台無しだ。

なんとなく、心情的にルパンの味方をしたくなったが、すぐに考え直す。

宝石は、今はヴィルヌーブ夫人のものだ。マリアンヌとルネの計画がどうあれ、盗ませていいものではない。

ヴィルヌーブ夫人に、ルネとマリアンヌのことを報告すべきかどうかもわからない。ただでさえルパンのことで胸を痛めている夫人を、より悲しませたくない。話すとしても、ルパンから宝石を守ってからだ。

シモーヌには話すべきかもしれないが、まるで嫉妬《しっと》をしているようで言い出しにくい。ルネの言っていた通り、シモーヌが彼に関心を持っておらず、結婚する気もないのならいいのだが。

夫人に会いたいが、今日はさすがに疲れているだろう。また別の日にでも出直した方がいいかもしれない。

二階に続く階段を見上げると、シモーヌが二階の廊下を歩いて行くのが見えた。その後ろ姿を、ぼくは胸の痛みを抱えて見送った。


翌日もその翌日も雨で、ぼくはヴィルヌーブ邸に出かけられないでいた。

三日後の午後、カルチェ・ラタンのぼくの屋根裏部屋に、一通の手紙が届けられた。ヴィルヌーブ夫人からで、すぐに屋敷にきてほしいとの連絡だった。

急いで身支度を済ませて、使いの馬車に飛び乗る。ルパンが盗みに行くと手紙に書いた一週間後はまだ先だが、なにかあったのかもしれない。

普段は一時間以上かかる道のりを、馬車はあっという間に駆け抜ける。

馬車を降りて屋敷に入る。玄関でリカルドに会った。

「やあ、ディディエ。今日はカンバスを持っていないんだね」

彼は動揺しているようでも悲しんでいるようでもない。

「ヴィルヌーブ夫人はどうしている」

ぼくの質問に彼はきょとんとした顔になった。

「さっきまで、サロンでぼくのピアノを聞いていたよ。今は自室に戻っている」

どうやら、夫人になにかあったわけではなさそうだ。

安堵《あんど》したが、それならなぜいきなり呼び出されたかわからない。もしかすると、もう絵を描く必要はないと言われるのだろうか。

ルパンが宝石を狙っているのだから、屋敷に出入りする人間は少ない方がいいはずだ。ルパンには手下がたくさんいると聞いている。

夫人も警戒して、屋敷にこれまでのように人を呼ばなくなるかもしれない。もしそうだったらどうすればいいのだろう。もうシモーヌに会えず、彼女の消息を知ることもできなくなる。

そう考えただけで、息が詰まるような気がした。

ぼくのような売れない画家が彼女と恋仲になるのは難しいとわかっているが、それでも彼女の近くにいて、なにかあれば力になりたかった。

ただでさえ、彼女のそばにいるのは味方だけではないのだ。

メイドに案内されて、ヴィルヌーブ夫人の私室へ向かう。部屋に呼ばれたのははじめてのことだ。

ヴィルヌーブ夫人は、ローズ色のローブを着て、ゴブラン織りの椅子の上でくつろいでいた。

ぼくを見ると、目を細めて微笑む。髪は白くなり、顔や手には皺《しわ》が刻まれているが、若い頃は美しかっただろうことが想像できる。血のつながりはないはずなのに、少しシモーヌに似ているような気さえする。

「ディディエ。いきなり呼び出してごめんなさいね」

「いいえ、いつでもマダムがお望みのときに参ります」

シモーヌと会えることもうれしいが、ぼくがこの数ヶ月、生活の心配をせずに済んでいるのは、ひとえにヴィルヌーブ夫人のおかげだった。

ぼくにできることならば、どんなことでもする。

ヴィルヌーブ夫人は、ぼくの手になにかを握らせた。ひんやりとした手が離れたあと、自分の手を見ると、そこには青い宝石の指輪があった。

「これは……」

息を呑む。青い宝石は大きく、真ん中に猫の目のような一本の線が入っていた。青い猫目石だ。

「それをあなたに預かってもらいたいの。ここに置いておいたら、盗まれてしまうから」

「預かれません。もしルパンがぼくのところにきたら……！」

ぼくは腕力もないし、格闘技の心得もない。剣も銃も扱えない。ルパンはボクシングと空手の名人だと聞いている。ぼくが敵うはずもない。

ヴィルヌーブ夫人は、気を悪くするでもなく、懇願するでもなく、ただぼくの目をのぞき込んだ。

「わたくしの願いを聞き入れてくださらないのかしら」

「他のことならなんでもします。ですが、こればかりはお許しください。あまりにも荷が重すぎます。こんな価値の高いものはぼくには預かれない」

ヴィルヌーブ夫人はくすりと笑った。

「じゃあ、こういたしましょう。この指輪をあなたにあげましょう。あなたの、これから描く絵の値として」

「いただけません。あまりにも高価すぎる」

青い猫目石にどれほどの価値があるのかは、正直なところわからない。

「もし、あなたがこの指輪を守れたら、わたくしが絵の値で買い取りましょう。守れなかったら、このあと描く絵の値として、この指輪をあげたことにしましょう。だったら、もし守れなくても罪悪感は少ないでしょう」

「ぼくがこの指輪を売り飛ばして、姿を消したらどうするつもりですか！」

そう言ったが、夫人は微笑んだだけだった。

「あなたがそんなことをしないことは知っているわ」

夫人がぼくを信じてくれることは、涙が出るほどうれしかった。だが、ぼくはこの信頼に応えられるのだろうか。

夫人はぼくの手を両手で包み込んだ。指輪の固さと大きさが掌《てのひら》に伝わる。

「これは、シモーヌにあげるつもりだったものです。だからあなたが守って……」

ぼくは声を詰まらせた。
もしかすると、夫人はぼくのシモーヌへの思慕に気づいていたのかもしれない。
これを守れないようならぼくは、シモーヌを守れないのと同じだ。
「わかりました。ぼくの命に代えても」
夫人は首を横に振った。
「いけません。命を奪われるくらいなら、指輪なんて奪われてもかまわないのよ。
あなたの命の方がずっと大事ですから」
優しいことばをかけられて、涙ぐみそうになる。
「帰りも、馬車を使ってね。それからしばらくはうちにこない方がいいわ。警察が
出入りしているし、あなたがルパンの仲間と疑われると面倒だから」
「わかりました」
本当に守れるかどうかわからない。だが、まさかルパンは、出入りの売れない画
家が宝石を持っているとは思わないだろう。それさえ知られなければ大丈夫だ。
ぼくは指輪を握りしめた手をポケットに入れて、ヴィルヌーブ邸を立ち去ること
にした。
ルパンの仲間に、夫人との会話を立ち聞きされていないかだけが、不安だった。

数日の間、ぼくはほとんど外に出ずに過ごした。食料はパンやハムを買い込んでそれだけを食べた。酔うことを恐れて、ワインも飲まず、寝るときは指輪を枕の下に隠した。それでも眠りは浅く、かすかな物音でも目覚めた。

こんな生活が続けば、心を病んでしまうかもしれない。

ぼくが、青い猫目石を預かってから、丸四日経った。

その日、ひさしぶりにぼくの住む屋根裏部屋を訪ねる人がいた。弁護士のスルトレだった。

「一週間経ち、ルパンは結局現れませんでした。警察が言うには、単なる悪戯だろうということでした。つきましては、マダムがお預けした指輪を返してほしいとの伝言です」

ぼくは安堵のためいきをついた。ようやく、この不安と緊張の日々から解放される。

たまらなかったのは、指輪を盗まれるかもしれないということよりも、自分の中に指輪を持って逃げ出したいという気持ちが、ときどき芽生えることだった。

シモーヌのことを考えると、その気持ちは消し飛んだが、それでもふとした拍子に気持ちは揺らぎはじめるのだ。

指輪を返せば、もうそんな自分に悩まされることはない。安心して、指輪をスルトレに渡そうとしたとき、ぼくの頭にある疑惑が浮かんだ。

スルトレがルパンに買収されていないという証拠はない。お抱えの弁護士も、莫大な金を積まれたら夫人を裏切ってしまうかもしれない。

「いや、マダムに直接渡すよ。これから屋敷に行く」

スルトレが気を悪くするかもしれないと思ったが、彼は頷いた。

「わたしもそうしていただけると助かります。ひとりで指輪を持ち帰るのは不安ですから」

ぼくは待っていた馬車に、スルトレと一緒に乗り込んだ。馬車の中は強い香水の香りがした。先ほどまで女性でも乗っていたのだろうか。

御者が鞭《むち》を振るい、馬車は動き始める。ぼくはスルトレに尋ねた。

「ルパンでなかったのなら、あの予告状を書いたのはいったい誰なんだろう」

「さあ、それはわたしにはわかりかねます」

ルネとマリアンヌは、このあいだ盗み聞きした会話から除外される。リカルドとアルチュールにもそんなことをする理由があるとは思えない。

ヴィルヌーブ夫人がマリアンヌたちの企みを知って、偽の予告状を誰かに出させたという可能性もないわけではないが、それならば予告状だけではなく、盗まれるところまで演出した方が効果的だ。

疲れていたせいだろうか、いつの間にかうとうとしてしまった。後になって思えば、眠りを誘う香でも焚《た》きしめてあったのだろう。

目を覚ましたとき、馬車はブローニュの森の中を走っていた。ヴィルヌーブ邸のあるパッシーはすでに通り過ぎてしまっている。

ぼくは隣で居眠りをしているスルトレを揺り起こした。

「起きてくれ。スルトレ。なにかがおかしい」

彼は目を覚ました。いや、目を覚ましたというのはぼくの勘違いだった。彼が身体《からだ》を起こすと同時に、ぼくの下腹に固いものが押し当てられた。ピストルだった。

スルトレはにやりと笑った。

「安心したまえ。わたしは殺人が大嫌いでね。きみを傷つけるつもりはない。ただ、素直に青い猫目石を渡してもらいたいだけなのだ」

その声は、さっきまでのスルトレの声とはまったく違った。

「ルパン……」

彼は変装の名人だ。いつの間にかスルトレと入れ替わって、屋敷に入り込んでいたのか。

「そうだよ。ディディエくん、はじめまして。こんな形だがお目にかかれてうれしいよ」

ぼくはうれしくなどない。馬車から飛び降りようとしたが、鍵《かぎ》がかかっているようだった。

「手荒な真似はしたくないんだ。素直に渡してもらおうか」

「ヴィルヌーブ夫人の屋敷には入らなかったのか！」

「屋敷の宝石はもう先ほどいただいたよ。夫人を悲しませるのは本意ではないから、思い出の籠《こ》もっている品は残してね。後はきみの猫目石だけだ」

ぼくは馬車の隅まで後ずさった。

「命に代えても渡さないぞ」

ルパンは肩をすくめた。

「やれやれ、きみの未来にくらべれば、青い猫目石の価値など、さほどのものではないと思うけどね。若さとはかくも愚かなものか」

もし、寝ている間に盗まれたり、騙《だま》されて奪い取られたのなら、相手は稀代の怪盗紳士だ。決して恥じることはない。

だが、こうやって、面と向かって脅されては、絶対に渡すわけにはいかない。怪《け》我《が》をしようと殺されようと。

「ヴィルヌーブ夫人が、ぼくを信じて預けてくれたんだ。ピストルで脅されたからといって渡すわけにはいかないんだ」

「夫人は、それがいずれきみのものになることを知っていた。だから、きみに渡したんだ」

たしかにヴィルヌーブ夫人は、絵の値としてこれをぼくにくれると言ったが、それは預からせるための方便だ。

「ぼくはもらうつもりなどない」

ルパンはあきれたようにためいきをついた。

「きみは本当に気持ちのいい青年だ。少々困ったほどにね。じゃあ、ひとついいことを教えてあげよう。きみが命を大切にしたくなるようなことだ」

「なんだ！」

「あの令嬢はきみを愛している」

ぼくは驚きのあまり何度もまばたきをした。

「あの控えめだが、大胆なところもある頭のいい令嬢は、子供の頃からずっときみに恋していたんだ。知っていたかい」

「シモーヌが……まさか！」

ルパンは背中を反らせて豪快に笑った。

「まったく……。きみ以外の人はみんな知っていたよ。彼女の母親は、だから宝石がきみのものになってしまうことを恐れて、自分の愛人を令嬢と結婚させようとした」

それはこれまで経験したことのない幸福だった。目の前にいたのがルパンでなければ、抱きついてキスをしただろう。

「なのに少しもきみが求婚しないから、令嬢はやきもきしていたんだ。きみが彼女を愛していることも、彼女は気づいていた。令嬢は自分に資産があるから、きみが踏み切れないのだろうと悩んでいるんだ」

「そんなことが……」

「どうだ。命を無駄にするわけにはいかないだろう。あの令嬢はなにより、きみの無事を願っているよ。ヴィルヌーブ夫人も令嬢を可愛《かわい》がっているから、彼女の幸せの代わりにならば、青い猫目石を差し出すだろう。まあ、ドリエッシュ夫人は納得しないかもしれないが、彼女には宝石の所有権はない」

それが本当ならば、なんという幸せだろう。だが、そのことばが嘘でないという証拠はないのだ。

ルパンのうまいことばに釣られて、青い猫目石を渡した後、すべてが嘘だったということだってありえる。

「そんなうまい話、信じないぞ。シモーヌの話をすれば、ぼくが素直に渡すと思ったら、大間違いだ」

「やれやれ、きみはずいぶん疑り深いな。もっとも、慎重なのは悪いことではない。令嬢がきみを愛した理由もよくわかる」

アルセーヌ・ルパンに褒められて、少しいい気分になりかけたが、すぐに自分の状況を思い出す。

「だから、猫目石はあきらめろ。ぼくが守っている限り、おまえには渡さない」

シモーヌがぼくを愛しているというなら、なおさらだ。彼女の期待を裏切ることはできない。

ルパンは低く笑いはじめた。

「わかったよ。それなら仕方ない。楽しい馬車の旅だった」

馬車は急に止まった。ルパンは扉を開けて飛び降りたかと思うと、森の中に控えていた別の馬車に飛び乗った。仲間であろう御者も一緒に飛び乗る。

ぼくは、ぽかんと口を開けて、去って行くもう一台の馬車を見送った。

なんとか切り抜けることができた。そう思ったが、なにかがおかしい。

ここに別の馬車を待たせてあったということは、はじめからここで、ぼくを置いて逃げるつもりだったということだ。

そんな簡単に狙った獲物をルパンがあきらめるとは思えない。ぼくが渡さなくても、ぼくごと誘拐することはできるし、殺さずとも気絶させることはできる。

はっとして、ぼくは自分のポケットを探った。

出てきた指輪についていたのは、青い猫目石ではなく、ただのガラス玉だった。

ぼくはがっくりとその場に膝をついた。よく考えれば、ぼくはだらしなく眠りこけていたのだ。宝石を盗む機会など、いくらでもあったはずだ。

ルパンがぼくを脅したふりをしたのは、単なるここまでの暇つぶしだろう。

自分の間抜けさにためいきしか出ない。

とぼとぼと、ぼくはヴィルヌーブ邸へと向かった。

夫人に詫《わ》びて、許しを請わなければならない。ぼくは信頼に応えられなかった。

ヴィルヌーブ邸には、すでに大勢の警官が出入りしていた。表門の前で指揮を執っているのはガニマール警部だろう。新聞に書いてあった風貌とそっくりだ。

門をくぐり、玄関に向かうと、シモーヌがぼくに向かって走ってきた。

「ああ、ディディエ！　ディディエ！　無事だったのね」

涙ぐんで、ぼくにしがみつく。

「わたし、あなたにもしものことがあったら……」

「ぼくは大丈夫だよ。でも、指輪は盗まれてしまった……。自分が不甲斐《ふがい》ないよ」

「相手はアルセーヌ・ルパンですもの。なにも恥ずかしいことなんてないわ」

「ヴィルヌーブ夫人にお詫びをしなければ……」

「伯母様も、ディディエのことをとても心配していたわ。大丈夫よ。お叱《しか》りにならないわ」

シモーヌの手はあたたかく、触れているだけで不安と後悔が消えていくのを感じた。

「屋敷の宝石は?」

「ええ、盗まれてしまったわ。でも、伯母様が大事にしている品はちゃんと残してあったの。怪我をしたものも誰もいないわ。だから大丈夫よ」

ガニマール警部たちの会話が聞こえてくる。

「さすがルパン。鮮やかな手口ですね」

「しかし、ルパンがやったにしても鮮やかすぎる。屋敷の中に協力者がいたのではないか」

ぼくはふと、足を止めた。

ルパンがぼくに言った、いくつかのことばを思い出す。

──あの控えめだが、大胆なところもある頭のいい令嬢は、子供の頃からずっときみに恋していたんだ。

──令嬢は自分に資産があるから、きみが踏み切れないのだろうと悩んでいるんだ。

シモーヌはぼくの手を握ったまま、振り返った。

「ねえ、ディディエ、わたしにはもう資産などないわ。屋敷と土地は母のものになるんですもの。だから、これで大丈夫よ」

そう言って、微笑む彼女の美しさに、ぼくは目を見張った。

彼女はそっと声をひそめて囁《ささや》いた。

「これで、求婚してくださるでしょう」

この後、ぼくとシモーヌは結婚し、ぼくは彼女のこの大胆さとそして激しい愛情にいろいろ悩まされたり、振り回されることになるのだが、それはまた別の機会に話すとしよう。

どちらにせよ、幸福と困難はいつも紙一重なのだ。

ありし日の少年ルパン

藤野恵美

藤野恵美（ふじの・めぐみ）

1978年、大阪府生まれ。2003年『ねこまた妖怪伝』で第2回ジュニア冒険小説大賞を受賞し、翌年デビュー。著書に『ハルさん』『初恋料理教室』『ふたりの文化祭』『怪盗ファントム&ダークネス』シリーズほか多数。

少年と宝石商

ラウール少年は、持っているかぎりでいっとう仕立てのよい服を着て、パリの街を歩いていた。

父を失い、頼る者もなく、贅沢《ぜいたく》は許されない生活だが、母のアンリエットは、礼拝のときに着るための服だけは、きちんとしたものをあつらえてくれた。いまは落ちぶれた身とはいえ、アンリエットは立派な家柄の生まれであり、息子であるラウールにも気品というものがそなわっているようだった。

「さて、どこにしようかな。」

すっと背筋を伸ばして、大股で歩きながら、ラウールはさりげなくあたりをうかがう。

宝石商や古道具屋を見つければ、窓からそっとのぞきこみ、店主を観察する。

欲深そうな顔、抜け目なさそうな顔、愛想笑いの張りついたような顔……。店主たちはさまざまな表情を顔に刻みつけていた。

時折、ラウールは自分の顔を動かして、額にしわを寄せたり、くちびるをゆがめたりと、店主たちの表情を真似てみた。窓ガラスを鏡がわりにして、自分の顔をうつしては、おかしな表情を作って、吹きだしたりもする。

母とふたり、フランスの片田舎《かたいなか》でひっそりと暮らす少年にとって、パリの街は華やかで、歩いているだけで心も浮き立つ。

やがて、カフェで新聞を読んでいるひとりの紳士を見つけると、ラウールの目にいたずらっぽい色が浮かんだ。

シルクハットをかぶり、流行の片眼鏡《かためがね》をかけた紳士は、なかなかの伊達男《だておとこ》であり、これから演じてもらう役割にぴったりだ。

ラウールはポケットからカードを取り出すと、その場でペンを走らせた。女性らしい繊細な文字で、文章を書いていく。学校の勉強は簡単すぎて退屈なので、最近ではもっぱら、筆跡の研究に熱を入れており、これからその成果を試そうというのだ。

文章を書き終わると、カードを手に持って、派手に着飾ったご婦人とすれちがい、その香水のにおいを移しておくといった小細工も忘れない。

「こんにちは、おじさん。」

ラウールは礼儀正しい態度で、片眼鏡の紳士に声をかけて、カードを手渡した。

「これを預かって来ました。とても美しいご婦人でしたよ。」

それだけ言って、ラウールはさっと身をひるがえす。

通りの角から様子をうかがっていると、紳士はカードに記された「待ち合わせ場所」へと向かった。

紳士の行き先を確認してから、ラウールは宝石商の扉を開いた。

初老の宝石商がひとり、店の奥で座っていた。

値踏みをすることに慣れた目が、ぎろりと少年に向けられる。

ラウールはもったいぶることなく、ポケットから、一粒のダイヤモンドを取り出した。

「このダイヤを売りたいんだ。」

てのひらのダイヤを見せて、ラウールは言った。

「お父様はロシアの貴族でね、これも我が家に古くから伝わる首飾りに使われていたものなんだけど……。」

話しながら、ラウールは店の窓に顔を向けて、通りに視線をやった。

店主もつられて、窓の外を見る。

そこには、身なりのいい紳士が、そわそわとした様子で立っていた。

「家宝のダイヤモンドを手放さなくちゃいけないなんて、あまり外聞のいい話ではないだろう。だから、ぼくにつかいを頼んだというわけだ。」

宝石商はうなずくと、ダイヤに手を伸ばした。

「見せていただきましょう。」

片手にダイヤ、もう一方の手にルーペを持ち、ためつすがめつしたあと、宝石商は口を開いた。

「千八百フラン、というところですな。」

「え？　それっぽっち？」

自分の驚きを無邪気に表現するように、ラウールは目を瞬《しばたた》かせる。

「きっと、お父様はかんかんになって、そんな値段なら売る必要はない、って言うだろうなあ。」

ひとり言のようにつぶやくと、ラウールは宝石商の手からダイヤを取り返して、ひょいと引っこめた。

その途端、宝石商の顔に、焦りと後悔の入り混じった強欲な表情が浮かぶ。

相手が釣り針にかかったことを感じたが、ラウールはおくびにも出さない。

「お父様には、絶対に二千五百より安くは売るな、って言われているんだ。ほかをあたるとするよ。」

しおしおと歩いて、店を出ようとしたところ、店主に呼びとめられた。

「わかりました。二千五百フラン、出しましょう。」

ダイヤを現金に引き換え、ラウールは足早に店から離れる。

角を曲がったところで、つい声を出してしまった。

「ふふっ、大成功だ！」

首尾よく事が運び、笑いがおさえきれない。なにしろ、おなじ大きさのダイヤがいつもの二倍以上の値段で売れたのだから。

となり町の古道具屋に売りに行ったときには、本物のダイヤなのに、千フランという安値で買い叩《たた》かれた。見た目も幼く、知識もなかったので、足もとを見られたのだろう。

それが、二千五百フラン！

さっそく、郵便局に行って、送金のための手続きをする。

受取人の宛名は、アンリエット。

差出人の名前と住所は、でたらめだ。

千フラン紙幣を二枚、郵便で送ってしまえば、この先しばらくは母と自分が生活に困ることはない。

母のアンリエットは、送金の主をかつての同級生であるドルー・スーピーズ伯爵夫人だと信じこんでおり、丁寧な礼状を書いていた。

しかしながら、実際には彼女の息子が、こうして、毎年、ダイヤをひとつかふたつ売り払っては、パリから偽りの差出人となって、二千フランの送金をしているのである。

郵便局から出ると、ラウールはそっとジャケットの胸ポケットを押さえた。

まさか、ここに、かの有名な女王の首飾りがあるとは、だれも思うまい。

女王の首飾り

それは謎《なぞ》と伝説に満ちた、大変に有名な首飾りだ。

ここで少し、首飾りの由来について語ろう。

もともと、この首飾りは、国王ルイ十五世が、愛人であるデュ・バリー夫人へ贈るため、王室御用達の宝石細工師に命じて作らせたものであった。

五百以上のダイヤモンドがちりばめられ、贅を凝らした傑作であり、まさに芸術品というべき首飾り。

だが、ルイ十五世が急逝《きゅうせい》したことにより、この首飾りは行き先を失い、宝石商は新たな買い手を探す必要にせまられた。そこで、宝石商が考えたのは、ルイ十六世の妻であるフランス王妃マリー・アントワネットに売りこむことであった。

マリー・アントワネットはダイヤに目がなく、この首飾りにも関心をしめしたようだった。しかし、不仲であったバリー夫人のために作られたものであるということが引っかかり、また、時価にして二百億円という、あまりに高額な値段に、さすがの王妃も乗り気にはなれなかった。

首飾りはしばらく買い手がつかないままであったが、そこで起きたのが、かの有名な「首飾り事件」である。

王妃の親友を名乗るジャーヌなる女性が、ロアン・スーピーズ枢機卿《すうききょう》に「王妃のために首飾りを手に入れてさしあげれば、あなたの願っている宰相の地位を検討してくれるだろう」という話を持ちかけたのだ。

枢機卿は首飾りをマリー・アントワネットに献呈したつもりであったが、それが王妃のもとに届くことはなかった。王妃の親友だなんてふれこみはまったくのでたらめであり、首飾りは仲介役のジャーヌとその夫がまんまとせしめて、宝石細工師が精魂をこめて選んだダイヤはばらばらにされ、売り飛ばされてしまったのだ。

フランス王室を巻きこんだ詐欺《さぎ》事件。当時、世間の注目を集めていた錬金術師カリオストロ伯爵なる人物も、共犯として逮捕されるなど、この首飾り事件は一大スキャンダルへと発展した。

名をかたられたマリー・アントワネットは、いわば被害者であったはずだが、市民のあいだでは贅沢三昧の王妃に対する反発がますます強くなり、この事件によって革命への気運が高まったともいわれている。

その後、首飾りの座金は、ガストン・ド・ドルー・スーピーズなる人物の手に渡ることになった。ガストンは、スーピーズ枢機卿の甥《おい》にあたる人物であり、叔父《おじ》の思い出の品を完全なかたちで残したいと考え、イギリス人宝石商の手もとに残っていたダイヤを買い戻し、足りないところは価値のおとる安物とはいえ、まったくおなじ大きさのダイヤでおぎない、首飾りをもとのとおりに復元したのであった。

以来、ドルー・スーピーズ家のひとびとは、この由緒ある首飾りをなによりの自慢としており、特別な夜会のときだけリヨン銀行の金庫から取り出して、見せびらかすのだった。

さて、そんないわくつきの首飾りが、なにゆえ、いま、ラウール少年の手にあるのか。

それは、ドルー伯爵夫人と、ラウールの母アンリエットが、遠縁であり、元同級生であったことに所以《ゆえん》する。

もし、ドルー伯爵夫人が思いやりにあふれた人物であり、アンリエットを親切にもてなしてくれたのなら、こんなことにはならなかっただろう。

身分の低い男性との結婚を両親に反対され、勘当された身であったアンリエットは、夫に先立たれたあと、昔のよしみで、ドルー伯爵夫人の屋敷に身を寄せることとなった。

かつてはおなじような身分の娘同士、友人付き合いをしていたはずのドルー伯爵夫人は、アンリエットを召使同然としてあつかうようになり、ラウールはそんな母の不幸を見るに忍びなかったのだ。

だから、手を伸ばした。

数えきれないほどのダイヤがきらめき、光を受けて炎のように燃えたち、夜会に集まったひとびとの目を奪う、伝説の首飾り。

それは、母にこそふさわしい、と思った。

しかし、それを母に告げることなど、もちろん、できるわけもない。

首飾りが消えてしまったあと、ドルー伯爵夫人はますますアンリエットにつらくあたるようになり、ついには屋敷を追い出された。

だれが、どのようにして、ドルー伯爵の屋敷から女王の首飾りを持ち去ったのかは、謎のままだ。

大胆不敵で、悪魔のように巧妙な手口……。

ラウールは六歳にして「完全犯罪」をおこなったのであった。

凄腕のスリ

あの夜のことを思い出すたびに、ラウールは笑い出したい気持ちになる。

わくわくとした高揚感。見事に成し遂げてみせた自分が、誇らしくてたまらない。

アンリエットへの送金を無事に済ませて、郵便局を出たあと、ラウールは残りの五百フランをどうしようかと考えていた。

母に贈りものでもしたいところだが、金の出所をあやしまれるわけにはいかないし……。

「おっと、失礼。」

通りの角を曲がったところで、ひとりの少年とぶつかりそうになったので、ラウールはそう言って、道をゆずった。

年のころは、ラウールとおなじだろうか。ハンティング帽を目深にかぶって、労働者風のかっこうをしていた。

その少年とすれちがったとき、ラウールはなにか、引っかかった。うなじがちりちりとするような……。

はっとして、胸ポケットに手を当てる。

手触りが、ちがう。

そこにあるはずのものが、なかった。

「しまった！　やられた！」

スリ、だ。

屈辱に、かっと顔が熱くなる。

この、ぼくから！　よくも！

五百フランの入った財布ならまだしも、相手はよりにもよって、女王の首飾りを盗んで行った。

地団駄を踏みたい気分だったが、感情に身を任せるよりも先に、足が動いて、相手を追っていた。

ラウールがかけだすと、ハンティング帽の少年は脱兎のごとく、逃げた。

「どろぼう！」

大声でさけんで、ラウールは少年を追う。

手押し車にたくさんの荷物を積んだ物売りが、通りを横切ろうとする。

少年は迂回《うかい》することなく、ひょいと手押し車を飛び越えて、そのまま走って行く。

ラウールも負けじと、手押し車を飛び越えた。

「待て！　どろぼう！」

そう言われて、待つはずもない。

だが、わかっていても、さけびたくなるものである。

「待てったら、待て！」

少年は裏道に入ると、細長い塀の上を、危なげない足取りで、ひょいひょいと進んで行く。一歩まちがえば落っこちてしまいそうで、まるで綱渡りをするかのような足場だが、ラウールもおそれず、おなじところを進んだ。

そしてまた、広い路地に出ると、少年は全速力で走った。

ラウールはかけっこをしても負け知らずで、身体能力には自信があった。だが、少年も驚くほど身のこなしが軽く、地の利もあるので、どんどん引き離されてしまう。

負けるもんか！

息があがって、胸は痛いほどだったが、ラウールは腕を大きくふって、走る速度をあげた。

少年がちらりとこちらを振り返り、まだ追って来るのか……とでも言いたげな表情を浮かべる。

道を渡ろうとしたところ、自動車がやって来た。

思わず、ラウールは声をあげた。

「危ない！」

少年は自動車にひかれそうになったが、すんでのところで身をひるがえすと、細い路地へと入った。

そこは、行き止まりだった。

高いレンガ塀には足場もなく、よじ登ることは不可能だろう。

逃げ場を失くして、少年は立ちどまる。

ラウールは飛びかかり、少年をその場に組み伏せた。

「あれを返せ！」

　相手のポケットをまさぐろうとしたところ、ハンティング帽がずれて、はらりと長い髪が落ちた。

栗色の波打つ美しい髪だった。

「きみ……。」

ラウールは大きく目を見開く。

少年、ではなかった。

少女、だ。

よくよく見てみれば、自分の真下にあるのは、なんと整った顔立ちなのだろう。

頬は薄汚れてはいても、その瞳の輝きは隠しようもなく、くちびるはつややかだ。

一瞬、動きを止めたラウールに、相手は身をよじり、またしても逃げ出した。

追いかけようとしたラウールの前に、ひとりの紳士が立ちはだかる。

「ようやく、見つけたぞ！」

それは先ほど、ラウールがロシア貴族の父親役にした片眼鏡の紳士であった。

「よくもだまくらかしてくれたもんだな、こぞう！」

むんずと腕をつかまれ、ふりほどくことができない。

そのすきに、首飾りを奪った相手はどんどん逃げてしまう。

「はなせ！」

ラウールは必死で、手をふりはなそうとする。

「いいや、はなさん。このわがはいをだますとは、おまえさん、なかなか見どころがあるではないか。」

片眼鏡の紳士は、じろじろとラウールをながめた。

それほど強そうには見えないのに、どこにそんな力があるのか、腕はびくともしない。

「その、機転、度胸、演技力……。うむ、気に入った。」

強い力で腕をつかんだまま、片眼鏡の紳士は一方的に話す。

「どうだ、おまえさん、わがはいの弟子にならないか？」

「弟子？　なにを言っているんだ？」

いきなりの言葉に、ラウールはとまどう。

「ちょうど、おまえさんくらいの年齢の助手を探していたところだったのだ。」

片眼鏡の紳士は、ラウールの腕から手をはなした。

自由の身になったラウールだが、首飾りを盗んだ少女のすがたは、もはや、どこにも見えない。

少女の行方《ゆくえ》も気になるが、この紳士からも目が離せず……。

片眼鏡の紳士は大仰な身振りで、ばっとマントをひるがえすと、シルクハットを片手で取った。

「不可能を可能にする男。燃えさかる炎から華麗に脱出してみせ、何重もの鎖でぐるぐる巻きにした密室からも消え失せ、どこからともなく、あらわれる。神出鬼没、変幻自在。」

芝居がかった口調で、片眼鏡の紳士は言う。

「奇術師ディクソンとは、わがはいのことだ。」

ディクソンは一礼したあと、シルクハットから花束を出してみせる。それは、どう考えても、シルクハットに入っているはずのない大きさの花束であった。

奇術師……。

ディクソンは大きな花束を回転させると、片手で握りしめて、消してしまった。

ラウールの目は、ディクソンの指の動きに釘づけである。

「あの宝石商、かんかんになって怒っておったぞ。最初に鑑定したときには、たしかに本物のダイヤだったのに、いつのまにか、にせものをつかまされた、ってな。」

ディクソンの言葉に、ラウールは得意げな笑みを浮かべた。

店から出ようとして、宝石商に呼びとめられたときに、ダイヤをもう一方の手に持っていたにせものとすり替えておいたのだ。

「せっかくの知恵を、悪事に使うこともあるまい。どうせ、だまして、驚かせるなら、ひとびとを楽しませたほうが何倍もすばらしいと思わんかね。」

ディクソンのシルクハットからは、次から次へと、花束が出てくる。

いったい、どんな仕組みになっているのか……。

目の前で見せられた技に、ラウールは好奇心をくすぐられた。

「おまえさんには、才能がある。いたずら好きで、機知に富んで、すばしっこくて……。偉ぶった大人を出し抜くのが、面白くてたまらないのであろう？　わがはいの子どものころを思い出す。奇術師にぴったりだ。」

ディクソンはもうひと押しとばかりに、にやりと笑って、シルクハットから一枚の紙を取り出した。

それは、乗船券だった。

「広い世界を見てみたい、と思わないか？　来月、マルセイユ港から船に乗って、世界一周の旅に出るつもりだ。」

ディクソンが指先でこすると、一枚だった乗船券が、二枚に増える。

「たとえ言葉の通じない異国の地であっても、わがはいの見せる華麗な奇術は、観客たちを魅了することができる。あるときは、陽気なひとびとの笑顔であふれた公園広場。またあるときは、美しく着飾ったひとびとの集う宮廷劇場。その土地の名物を食べ、酒をくみかわし、そして、つぎの活躍の場へと向かう……。」

ディクソンの誘い文句に、ラウールはわくわくと心が躍るのをおさえきれない。

「わがはいとおまえさんが組めば、世界中のどんな場所でも、多くの観客で埋め尽くされ、拍手喝采をあびることができるだろう。さあ、どうする？」

ディクソンはまるで催眠術でもかけるように低い声でささやきかけ、目の前で、乗船券をひらひらとゆらしてみせる。

ラウールは乗船券へと手を伸ばしそうになったが、はっと我に返って、首を横にふった。

まずは、首飾りを取り返さないと！

ラウールは顔をあげると、少女が走り去ったほうへと視線を向ける。

まさか、あんな女の子がスリだなんて！

六歳にしてまんまと女王の首飾りを盗んでみせたラウールであったが、それはそれとして、可憐《かれん》な少女がスリをして生活の糧《かて》を得ているという事実には驚きを禁じ得ず、嘆くべきことだと感じた。

「弟子入りのこと、考えておくよ！」

そう言い残して、ラウールは走り去った。

薄幸の少女

女王の首飾りをすりとられた現場に戻り、物乞いに小銭を渡すと、少女の正体はすぐに判明した。

「ああ、その子なら、ギヨーム親方のところのノエルだろう。」

「住んでいる場所は？」

硬貨をあと二枚追加して、ラウールはその住処《すみか》を聞きだす。

ラウールが建物の窓からのぞきこむと、先ほどの少女ノエルが戦利品を親方に渡そうとしているところだった。

「ほらっ、さっさと出しやがれ！」

ギヨームはおんぼろのソファーに横になり、片手をさしだす。もう一方の手には、ワイングラスが握られ、床には何本ものボトルが転がっている。

子どもにスリなんかさせて、自分は飲んだくれているというわけか。

よどんだ目をしたギヨームのすがたに、ラウールは胸がむかむかした。

「今日は、ちっとはマシなもんを手に入れて来たんだろうな。」

ぎろりとノエルをにらみつけて、ギヨームが言う。

ノエルは無言のままで、ポケットから女王の首飾りを取り出した。

そのまばゆいばかりの輝きに、だらしなく寝そべっていたギヨームも、思わず、身を起こした。

「こいつはとんでもないシロモノだな。ノエル、おまえ、どこのお貴族様からすりとって来たんだ？」

よだれをたらさんばかりの顔つきになり、ギヨームは首飾りを見つめている。

戸口の前に立って、ノエルが口を開いた。

「綺麗だけど、ダイヤはにせものだよ。」

だらしない笑みを浮かべていたギヨームの顔が、不愉快そうにゆがむ。

「なんだと？」

「見ればわかるでしょう。にせものをはめこんであるんだ。」

無表情のまま、ノエルは言った。

会話に耳をそばだてながら、ラウールはひそかに感心する。

へえ、あの子には、ダイヤの見分けがつくのか……。

豪華絢爛《けんらん》に見えた女王の首飾りも、実際に手に入れてみると、にせものや質の悪いダイヤが多く、がっかりしたものだった。おそらくは、ドルー家のひとびとが生活に困るたびに、家宝からダイヤをひとつ、またひとつと、売り払ったのだろう。

しかし、それでもいくつかは本物のダイヤが残っていたので、ラウールは高値で売れそうなものだけをはずして、個別の隠し場所に保管していた。

だからといって、あの首飾りに価値がないわけではない。

「ちっ、にせものか！」

ギヨームが舌打ちをして、グラスを荒々しく置く。

「そんなこったろうと思ったぜ。いまいましい！　ぬか喜びさせやがって！」

立ちあがったギヨームは、ノエルの前まで来ると、右手を大きく動かして、その頰を張った。

乾いた音が響いて、ノエルはよろめく。

「ああ、むかっ腹が立つ！　おまえの、その目を見ているだけで、ムカムカするんだ！　すかした顔をしやがって！」

ひどい言いようだ。

理不尽な暴力にも、ノエルは涙を浮かべることもなく、ただ、くちびるをかんで耐えている。

ラウールは義憤にかられ、飛び出したい気持ちになった。

だが、やみくもに向かって行くのは賢いやり方ではない。

少女と女王の首飾り、どちらも救い出すためには、もう少し、作戦を練ったほうがいいだろう。

「ダイヤはにせものだとしても、この座金は、溶かせばいくらかにはなるか。」

そんなことを言いながら、ギヨームはソファーの後ろにある戸棚の一番上のひきだしに、女王の首飾りをしまった。

座金を溶かす、だって？

信じられない気持ちで、ラウールはその言葉を聞いていた。

あの座金こそが、フランス王室御用達の宝石細工師がその技術と情熱を注いでつくりあげた傑作であり、首飾りでも重要な部分だというのに。

ものの価値のわからない男だ。

ギヨームはまたソファーに寝そべると、グラスに新しい酒を入れて、飲みはじめた。

早く、取り戻さないと……。

ギヨームはいますぐに売りに行くつもりはないようだが、いつ気が変わるとも知れない。

首飾りのしまわれた戸棚は、ギヨームのいるソファーのすぐ後ろ……。その向こうには、二階への階段が見える。

「ぼーっとしてるんじゃねえぞ！」

戸口に立っていたノエルに向かって、ギヨームが怒鳴り声をあげた。

「さっさと行って、今度は札束のたっぷり入った財布でもとって来やがれ！」

空になったワインの瓶が、宙を舞う。

ノエルはさっと身をかがめて、それをよけると、戸を開けて、外へと出た。

侵入

ラウールは頭を引っこめて、ノエルが角を曲がるまで、物陰でじっとしていた。

足音が遠ざかったのを確認して、ラウールが出て行こうとしたところ、隣家の玄関が開いた。ラウールはまた、息をひそめて、そちらをうかがう。

隣人はしっかりと鍵《かぎ》を閉めて、どこかへ出かけて行った。だが、裏手の窓が開きっぱなしになっており、カーテンがゆれていた。

不用心なことだな。

心のなかでつぶやきながら、ラウールはその窓から、隣家へと身をすべらせた。だれもいない家の階段をかけのぼり、屋根裏部屋へと向かう。そして、ギヨームの家の屋根に近い位置にある窓をひとつ開け、周囲に人気のないことを確認してから、飛び移った。

思ったとおり、屋根には天窓が口を開けていた。そこから、音もなくすべりおりると、足音を忍ばせて、階段をおりて行く。

あっというまに、ラウールはさっきまで窓の外側からのぞいていた部屋に、入りこんでいた。

ソファーの上では、ギヨームが高いびきをかいている。

なんだ、寝たのか。

こんなことなら、堂々と正面から入っても、ばれやしなかったな……。

拍子抜けしたような気持ちで、ラウールは戸棚へと近づき、手を伸ばす。

ギヨームは目を覚ます気配もない。

そっとひきだしを開けて、女王の首飾りをふたたび、手のなかへとおさめる。

ラウールは、我知らず、ほっと息をはいていた。

ひきだしには、ほかに時計や指輪やブローチなどが入っていたので、ついでに、それらもいただいておく。

帰りは、ギヨームのすぐ横を通りすぎて、玄関から外に出る。

実に、簡単に、あっけなく、女王の首飾りを取り戻すことができた。

それでも、胸には静かなる興奮が渦巻いていた。学校での試験をクリアするときなんかとは比べものにならないほど手応えがあり、充実感に満ちている。

計算のはやさでも、語学のテストでも、運動の大会でも、ラウールは負け知らずで、軽々と勝利することができた。それゆえ、勝つことが当然であり、日々の生活で感じられる喜びは少なかった。

知能、意志力、観察眼、敏捷《びんしょう》性など、ラウールにはありとあらゆる分野で活躍できそうな天賦《てんぷ》の才とでもいうべきものがあり、日々、その能力を成長させていた。

進むべき道がどこにあるのか、まだ、本人にもわかってはいなかったが、いつの日にか、運命の呼び声にこたえるときが来るのであろうという予感は、少年の胸につねにあった。

ラウールは、先ほど出会った片眼鏡の紳士のことを思い出す。

奇術師ディクソン。

ラウールの才能を見抜き、それを叱《しか》るのではなく、弟子として育てようと考えるなんて、特異な人物だ。

フランスの田舎町に暮らして、なんの面白みもない学校に通う生活よりも、奇術師の弟子になって、世界を旅するほうがよほど、わくわくする毎日が過ごせるだろう。

ラウールの突拍子もないアイディアも、口車のうまさも、学校の先生にとっては眉をひそめるようなものであり、小言の対象でしかなかった。

しかし、奇術師の弟子としてなら、自分の特技もいかんなく発揮することができるのではないだろうか。

町から町への旅暮らし。華麗な技を披露して、拍手と歓声をあびながら、大きく手をふる……。

そんなことを夢想してみたりもしたが、実現させる気はさらさらなかった。

アンリエットが待っている。

母との暮らしを捨てることなど、できるわけもない。

奇術師の弟子

しばらく歩いて、ラウールはノエルを見つけた。

そっと背後に忍びより、少女に声をかける。

「やあ、ノエル！」

ノエルは一瞬、驚いたように目を見開いたが、ラウールに敵意がないことを感じ取ったのか、逃げはしなかった。

「まったく、きみってば、凄腕《すごうで》だね。その技は、どこで身につけたんだい？」

ノエルは警戒を隠しもしないが、ラウールは持ち前の快活さで、明るく話しかけた。

「ぼくは、ラウール・ダンドレジーだ。さっき、きみにとられちゃった首飾りは、先祖伝来の宝なんだ。ちゃんと持って帰らないと、父さんにこっぴどく叱られてしまうところだったよ。」

大げさにため息をつくと、ラウールは肩をすくめた。

そして、いたずらっぽい表情を浮かべて、自分の胸ポケットから女王の首飾りをちらりと見せる。

ノエルは信じられないというように、大きくまばたきを繰り返した。

「それ、どうして……？」

「きみとおなじ方法だよ。とられたものは、とり返す。」

驚きに見開かれたノエルの瞳に、敬意のようなものが浮かぶ。

ノエルもまた、自分の技量に自信を持っているのだろう。おおっぴらに自慢できる性質のものではないにせよ、ある種の才能であることにはちがいない。

自分とおなじか、それ以上の技を持つかもしれない少年に、ノエルは感嘆の気持ちを隠せなかったのだ。

「父さんっていえば、ギヨーム親方っていうのは、きみの父親なのか？」

たずねると、ノエルは首を横にふった。

「孤児だったわたしを、拾ってくれたんだ。」

ノエルは歩きながら、ぽつりぽつりと話す。

「あの技も、ギヨーム親方に教わったのかい？」

「ちがう。スリは、だれかに習ったわけじゃなく、自然と……。見よう見まねで、やってみたら、できたんだ……。本当は、こんなことやりたくないんだけど、親方がやめさせてくれなくて……。」

「そうか。ほかに身寄りがないから、無理やり、させられているんだね。」

ノエルは歩きながら、右の手を広げて、じっと見つめた。

「生きていくためだから。ほかに、できることなんて……。」

「そうかな？　その才能を、もっと、ほかのために使うことだって、できるはずだよ。たとえば、ひとを驚かせて、楽しませるとか。」

人懐っこい笑みを浮かべて、ラウールはノエルを見た。

「ねえ、ノエル。勝負しない？」

ラウールの申し出に、ノエルはとまどったような表情を浮かべた。

「勝負？」

「ああ、そうだ。これから、ひとりの紳士を相手にして、ぼくときみとで、勝負をするんだ。より、価値のあるものをとることができたほうが勝ちだよ。」

ラウールの親しげだった笑みが、一転して、不敵な表情へと変わる。

「どうする？　勝負を受けるかい？　それとも、逃げる？　自信がない？」

ラウールがたたみかけると、ノエルも負けん気の強さをその瞳にのぞかせた。

「いいよ。その勝負、受けよう。」

その返事に、ラウールは満足げに笑った。

そして、準備体操でもするように、両方の手の指を順番に曲げていく。

「ぼくが勝ったら、きみはスリをやめること。ギヨーム親方のところを離れて、自由になって、光のなかで生きるんだ。」

ラウールの提案に、ノエルは表情をくもらせた。

「そんなの、無理だよ。できっこない。」

後ろ盾のない孤児のノエルにとっては、いくらそうしたくても、それは不可能なことだと身にしみているのだろう。

だが、ラウールはノエルの目をじっと見つめて、きっぱりと言った。

「できるさ！　きみなら、できる。」

自信満々のラウールにつられるように、ノエルも顔をあげ、やる気を取り戻す。

「わたしが勝ったら？」

「きみの望みをなんでもひとつ、かなえるよ。」

ラウールの宣言に、ノエルはつぶやく。

「わたしの望みは……。」

それはまさに、先ほど、ラウールが口にしたとおりの人生ではないだろうか。

「ほら、あそこに、片眼鏡の紳士がいるだろう？」

ふたりの歩いていた通りの先にはカフェがあり、テラス席では片眼鏡の紳士がゆったりとお茶を楽しんでいた。

奇術師ディクソンである。

「彼が、ターゲットだ。ぼくから行くよ。」

ラウールはまっすぐに、ディクソンのもとへと走ると、声をかけた。

「弟子入りの話、考えてみたよ。」

ディクソンは興味深そうな目を、ラウールに向ける。

「ほお、そうか。では、わがはいといっしょに来るというのだな？」

「いいや、ぼくは行かないよ。でも、身のこなしが軽くて、手先が器用で、機転が利くなら、うってつけの子がいる。」

ラウールはにっこり笑って、わずかに目だけを動かした。

ディクソンは懐中時計を取り出すと、時間を確かめるふりをしながら、角度を調整して、ぴかぴかに磨かれたふたの内側に背後の様子を映りこませる。

ラウールが視線を向けた先では、ノエルが通りの角に身をひそめるようにして、こちらをうかがっていた。

「名前はノエルっていうんだ。これから、あなたの財布をねらいに来るから、その腕をがっしりと捕まえるといいよ。」

カフェの店員が、ディクソンのテーブルへコーヒーのおかわりを運んで来た。

赤毛の陽気な女性店員と、ディクソンは親しげに会話を交わしている。

そのすきに、テーブルの上に置きっぱなしになっていた懐中時計へと、ラウールは手を伸ばす。そして、さりげなく、懐中時計を手中におさめて、立ち去った。

ディクソンはコーヒーを飲み終わると、代金を支払い、財布をポケットにしまって、ステッキを片手に通りを歩きだした。

通りの角から、ノエルが出て来る。

ふたりがすれちがおうとしたとき、ディクソンの手が、ノエルの腕をつかんだ。

ディクソンの言葉を聞いて、ノエルの瞳が未来への期待に輝く。

すべてがうまくいくかと思ったそのとき、不穏な気配を感じて、ラウールは視線をそちらへと向けた。

ギヨームがおそろしい形相で、やって来る。

その手には、銃があった。

ギヨーム親方との対決

「やい、ノエル！　てめえ、この俺を裏切るとはいい度胸じゃねえか！」

ギヨームは怒鳴りながら、銃口をノエルに突きつけた。

「ひきだしにあったものは、どこだ？　さっさと出しやがれ！」

どうやら、ギヨームは戸棚に隠していた貴重品がなくなったのを、ノエルの仕業だと思っているようである。

身に覚えのないノエルは、ただ、困惑するばかりだ。

「なんのこと……？」

「しらばっくれるな！　俺が寝ているうちに、ひきだしにあったものを持って行ったのは、てめえだろう！　なめたことしてくれるじゃねえか！」

そこに割って入ったのは、ディクソンだった。

「やめたまえ。そんな物騒なものはしまったほうがいい。」

ノエルをかばうようにして、ディクソンはギヨームと対峙する。

「なんだ、てめえは？」

銃を向けられても、ディクソンにはひるんだ様子はない。

「ノエル嬢は、先ほどより、わがはいの弟子となったのだ。」

「はあ？　なにを勝手なこと、言ってやがる！」

すると、ノエルも口を開き、気丈な態度で言った。

「本当だよ。わたしはもう、親方のところでスリなんかしない！　このひとといっしょに行くって、決めたんだ！」

ギヨームの顔が怒りで真っ赤になる。

「だから、俺のものを全部、盗んでいきやがったのか！　もう許せねえ！」

ギヨームが引き金にかけた指を動かそうとした瞬間、ラウールが声をかけた。

「待て！」

ラウールは女王の首飾りを持って、片手を高くあげる。

「捜しているものは、これだろう？」

ギヨームは銃口をふたりに向けたまま、顔だけでラウールのほうを見た。

「ひきだしのものをとったのは、ノエルじゃない。このぼくだ！」

ラウールは言いながら、ディクソンとノエルに向かって、目で合図した。

チャンスは一度きり。

なにしろ、相手は銃を持っている。

タイミングを合わせなければ、成功はない。

「ほらよ！　受け取れ！」

ラウールは女王の首飾りを天高く、ぽんっと放り投げた。

にせものとはいえ、美しくカットされた大量のダイヤたちが切子面に太陽の光を反射して、きらきらとまぶしいほどに輝く。

ギヨームはぽかんと口を開け、あわてたように、首飾りに手を伸ばした。

そのすきに、ノエルが銃をかすめとる。

同時に、ディクソンが持っていたステッキをひと振りすると、それは一本の長い縄へと変化した。

ラウールは女王の首飾りが空中を舞っているあいだに、ノエルたちのもとへと走り、ディクソンが投げた縄の片方を手にすると、ギヨームの体をぐるぐると縛りあげる。

首飾りが目の前に落ちて来るが、ギヨームは身動きすることすら、ままならない。

女王の首飾りは、ギヨームの鼻先を通りすぎて行った。

そして、ぱっと広げたラウールのてのひらへと着地する。

「てめえらっ、よくも……。」

悪態をつこうとしたギヨームに、ディクソンが自分のシルクハットを勢いよくかぶせる。シルクハットを首までかぶせられ、顔をおおわれると、ギヨームの言葉はまったく聞こえなくなった。

一連の騒ぎに、通りすがりのひとたちが、足をとめて、こちらを見ていた。

ディクソンが堂々たる態度で一礼してみせると、集まっていたひとびとは奇術の余興だと思ったらしく、ぱちぱちと拍手をして、また歩き出した。

やるべきことをうまくやり遂げて、ラウール、ディクソン、ノエルの三人は、満足げに顔を見合わせた。

「うむ。見事なチームワークであったな。」

ディクソンはそう言って、ラウールを見る。

「弟子はふたりでも問題ないぞ。おまえさんも、いっしょに来ないか？」

名残惜しそうに言うディクソンに、ラウールは肩をすくめて、答えた。

「機会があればね！　今日のところは、もう帰らなくちゃ！」

「そうか。では、また会える日を楽しみにしているぞ。そのときまで、時計は預けておくとしよう。」

片目をつぶってみせたディクソンに、ラウールはぺろりと舌を出す。

カフェで懐中時計をかすめたことは、とっくに見抜かれていたようだ。

ノエルが一歩前に進み出て、ラウールを見つめた。

「あの、ラウール……、ありがとう。」

「じゃあね、ノエル、奇術師修業、がんばって。きみなら、きっと、サーカス団の女座長にだってなれると思うよ！」

ラウールはふたりに軽く手をふると、パリの街をあとにした。

少年の未来

母のアンリエットは、あたたかなスープを用意して、ラウールの帰りを待っていた。

「今日は牧師様にどんなお話を聞かせていただいたの？」

アンリエットの問いかけに、ラウールはまことしやかに、聞いてもいない聖書の逸話を語ってみせる。

アンリエットは、自分の息子が、教会へ行くために上等な服を着て出かけたのだと信じているのだ。

「そうね、ラウール、神様はいつも我々を見守ってくださっているのです。正しい行いをしていれば、決して、道に迷うことはありません。」

祈るかたちで手を胸の前で組みあわせ、微笑《ほほえ》むアンリエットは、聖母像のように美しい。

だが、ラウールは、アンリエットの言葉にうなずくことはできなかった。

あの首飾り事件のことを考える。

枢機卿は、宰相の地位と引き換えにするという言葉にまどわされ、詐欺に引っかかっていた。教会でえらそうな説教をしていたところで、富や権力や名誉を求め、欲望からは自由になれないのが、人間の本質というものなのではないだろうか。

自分が敬虔《けいけん》な顔つきで牧師の説教を聞いていたのだと、アンリエットが信じていることについて、ラウールはなぜか、いら立ちを感じた。

母は、本当の自分を知らない。

六歳のときに、見事に女王の首飾りを盗み出して、あの高慢ちきな伯爵夫人の鼻を明かしてやったことも、今日のパリの街での出来事も、なにひとつ、母には話すことができないのだ。

スリで生計を立てていた少女、奇術師からの誘い、そして、とられたものをとり返したこと……。

息子の本質を知れば、アンリエットは悲しみにしずむであろう。

それがわかっているからこそ、ラウールには母に語らないことがたくさんあった。

ひとり、胸のうちに抱えて……。

だが、時折、秘密を持て余して、なにもかもを告白したくなるときがあった。

すべてを話すことができれば……、そして、ほめ言葉のひとつでもかけてもらえたなら、どんなに誇らしい気分になるだろうか。

まあ、すごいわ、ラウール！

だれも思いつかないような方法と、大胆な行動で、あなたが、あの女王の首飾りを盗み出したのね！　ラウール、あなたはなんてすばらしい子なのでしょう！

実際には、母がそんなことを言うはずはない。

決して、かなうことのない望みだからこそ、ラウールは焦がれる。

自分の活躍を、称賛してくれる女性。

どんな自分をも隠すことなく、見せてしまえる相手。

もし、いつか……。

カリオストロゆかりの品である女王の首飾りを盗み出したのが、六歳のラウールだったという真実を見抜くだけの才知を持ち、なおかつ、その行為をたたえてくれる女性があらわれたなら、きっと、夢中になってしまうだろう。

しかし、はたして、そのような女性とのあいだに、輝ける未来はあるのか。

やはり、アンリエットのように光の属性を持つ女性にこそ、あらがいがたい魅力があるのではなかろうか。

自分の父親であるテオフラスト・ルパンが、アメリカで詐欺罪に問われ、獄死した、ということは、ドルー伯爵夫人から底意地の悪い口調で聞かされたことがあった。

だから、ラウールは、ルパンという父方の姓ではなく、母の旧姓を名乗っていた。

この出来事から数年後、アンリエットはこの世を去り、ラウールは乳母であるビクトワールのもとへと身を寄せることになる。そして、一時期、ロスタという偽名をもちいて、奇術師ディクソンのところで働いていたともいわれている。

ラウール少年が、アルセーヌ・ルパンと名乗って、世間を騒がせるのは、まだもう少し先の話である。

ルパンの正義

真山仁

真山 仁（まやま・じん）

1962年、大阪府生まれ。新聞記者、フリーライターを経て2004年『ハゲタカ』でデビュー。主な作品に『虚像の砦』『マグマ』『ベイジン』『コラプティオ』『当確師』などがある。

教養の師匠

「今や正義とは、悪事を働いた奴が自らを正当化する時に使うという薄っぺらいものに成り下がった。だがねラウール、正義とは本来不変なものだ」

当たり前のことを、いかにも哲学的に語る作家に正体を見破られたのかと、ラウール・ダンドレジーを名乗るアルセーヌ・ルパンはどきっとした。だが、作家先生は顎髭《あごひげ》を引っ張りながら、腐敗が続く政治家や軍人の名を挙げて、正義の堕落を嘆くばかりだ。

二十歳になったばかりのルパンは体格がいいだけでなく、様々な武道を身につけて鍛えている。もちろん「盗み」の腕はもはや誰にも負けないし、変装も自由自在だ。また、社交界に潜り込み、ファッションやマナーも習得している。

あと一つ足りないのが、教養だった。そこで作家先生からそれを盗もうと、事あるごとに邸宅を訪ねていた。政治の仕組みや産業や商売についてなど、「徹底取材」がモットーの先生は、何でもよく知っていた。そんな先生はパリ一番の売れっ子で、舌鋒《ぜっぽう》鋭い社会批判で人気を博している。もっとも最近はあまりに売れすぎて、体型同様に鋭さが失われていた。

「ところでラウール、ちょっと届け物を頼んでいいだろうか」

「何でも使って下さい。僕はそのためにいるんですから」

「ジョルジュのところまで、これを届けてくれないか」

ジョルジュとは、「オーロール」紙の編集長を務めるジョルジュ・クレマンソーのことだ。

「お安いご用です」

ルパンは原稿が入った封筒を上着の内ポケットに大切にしまい込んだ。

ユダヤ人問題

新聞社への途中、ルパンは行きつけのカフェに立ち寄り、先生の原稿を読んだ。読むなとは言われてないし、先生の原稿はとても勉強になる。

その日の原稿には、「ユダヤ人攻撃は、世迷い言」という見出しがついていた。

最近、「パリ市民の生活苦は、強欲なユダヤ人のせいだ。守銭奴を追い出せ！」という風潮があるのを批判している記事のようだ。

先生は、この騒ぎの根底にあるのは、貧しい人たちの不満を全部、ユダヤ人のせいにして、キリスト教徒の金持ちを守ろうとしている欺瞞《ぎまん》だと断言していた。

なるほど、そういう風に考えると、今のムードも理解できる。

貧乏人を泣かせ、ずる賢くカネ儲《もう》けをする奴らは皆「敵」だとルパンは考えて、盗みの標的にしている。しかし、悪い奴はユダヤ人にもフランス人にもドイツ人にもいるし、それとは反対に尊敬できるユダヤ人もいる。だから、何をバカげた騒ぎをしているんだと呆《あき》れていた。

原稿を読み終えてカフェを出た時、陸軍の制服を着た三人の兵士が、老人を囲んで暴力をふるっているのを目撃した。

「おまえのような薄汚い奴がいるから、パリが汚れるんだ」

兵士の鉄拳が老人の腹にめり込んだ。道路に倒れた老人の黒いコートは泥まみれで、脱げ落ちた山高帽は兵隊たちに踏みにじられた。

「どうか、お許しを」

老人は体をかがめて許しを乞うている。

見かねたルパンは兵隊と老人の間に割って入った。

「兵隊がそんなことをして恥ずかしくないのか」

「なんだと、若僧のくせに邪魔するな」

兵隊の息が酒臭い。

言葉と一緒に拳が飛んできた。ルパンはそれを軽くかわすと、一本背負いで兵士を地面に叩《たた》き付けた。

「うっ」とうめく仲間を見て、残りの二人が同時に飛びかかってきた。ルパンが一方の頬に拳を、もう一方に蹴《け》りを入れると、彼らはあっと言う間に倒れてしまった。

止めを刺してやろうと振り上げた手を後ろから誰かに摑《つか》まれた。

やはり軍服を着ている。

「なんだ、あんたもこいつらの仲間か」

「同じ陸軍軍人という意味では、そうだが、こいつらのように性根は腐っていない」

三人の兵隊は男を見ると、慌てて立ち上がって敬礼した。どうやら彼らの上官らしい。

「私は参謀本部の砲兵大尉アルフレド・ドレフュスだ。明朝、参謀本部の私の部屋に出頭したまえ」

三人は神妙に返事をすると、逃げるように走り去った。ドレフュス大尉は、地面で体を丸めて怯《おび》えている老人を立ち上がらせた。

「お怪我《けが》はありませんか。軍人としてあるまじき行いを、どうか許して欲しい。これで、新しい帽子を買って下さい」

老人のコートについた泥を払いながら、大尉は数枚の札を老人の手に握らせた。

「ところで君は強いね。その武道は何だ？」

大尉は老人を見送ったあとで、今度はルパンに話しかけてきた。

「柔道といいまして、日本人の武道の達人に教わりました」

「見事な技だったよ。どうだ、軍人にならないか」

「僕が一番なりたくない職業ですよ」

威張り散らしているくせにプロイセンに完敗し、街の至る所で横暴なことばかりしている軍人など、ルパンにとっては軽蔑《けいべつ》の対象でしかない。

「そんなに嫌われているとは情けないな」

大尉は苦笑いを浮かべ右手を差し出した。

「今度、一緒に食事でもどうだね。傲慢《ごうまん》ではない軍人もいることを君に知って欲しいし、今日のお詫《わ》びもしたい。我が家に招待するよ」

ルパンは相手の目を見つめた。人の心の内は、目を見れば分かると思っている。

ルパンは力強く握手した。

「喜んで。ラウール・ダンドレジーです」

三日後、ルパンはドレフュス宅に招かれて、贅沢《ぜいたく》ではないが心の籠《こ》もった食事と、家族団らんのぬくもりを味わった。

特に二人の子どもたちが大好きになって、それからは彼の自宅を訪れるようになった。

スパイ容疑

祖国を裏切るユダヤ人、スパイ容疑で逮捕
売国奴、ドレフュスに極刑の声
という見出しが躍っている。
ジョセフィーヌこと、カリオストロ伯爵夫人との「宝探し」に明け暮れている最中に読んだ新聞記事に、ルパンは我が目を疑った。
記事によると、ドレフュスはパリ駐在のドイツ武官宛に、軍事機密情報に関する密告文書を送ったという。

「まさか、あの人が」

ルパンはすぐに知り合いから馬を借りると、ドレフュス宅に急いだ。

屋敷の前に到着した時、邸内から大勢の軍人が出てきた。彼らは、木箱を数箱荷馬車に積み込んでいる。

「どうして家族の写真まで持って行くんです。返して下さい！」

ドレフュス夫人であるリュシーが取り縋《すが》って抗議するが、聞き入れる者はいなかった。

猛烈な砂埃《すなぼこり》を上げて数台の馬車が去ると、リュシーは門の前にへたり込んでしまった。

「あれほど清廉潔白な愛国者の夫が、ドイツのスパイなんてするわけがないのに！」

彼女は嘆きながら、悔しそうに何度も地面を叩いた。

「奥様、気を確かに持って」

「あっ、ラウール。どうしたらいいの。夫は無実よ。スパイなんかじゃないのに」

「分かっていますよ。大丈夫、すぐに誤解が解けて釈放されます」

夫人は激しく首を左右に振るばかりだ。

「いいえ、無理よ。夫は参謀本部唯一のユダヤ人だから逮捕されたの。だから、二度と戻ってこないわ」

確かにドレフュス大尉はユダヤ人だ。だが、それが理由で無実の罪を着せられるなんてあり得ない。

警察も軍も大嫌いだが、さすがにそんな無茶をやるはずがない。

ルパンは夫人を落ち着かせると、「知り合いから情報を集めてきます」とドレフュス宅を飛び出した。

いわれなき罪

夫人にはああ言ったものの、ルパンには、陸軍参謀本部に知り合いはいなかった。ならば、直接、ドレフュス大尉本人に確認するしかないと決め、パリ七区のサン・ドミニク通りの参謀本部に、国防大臣の伝令ラガルド中尉に扮《ふん》して忍び込んだ。

「国防大臣の急なご命令で、大臣からの言伝をドレフュス大尉に伝えるよう仰せつかりました」

新聞社のタイプライターを借用して作成し、判読不能のサインまでした偽造文書を、留置所の当直に見せ、ラガルド中尉はドレフュス大尉の独房に入った。

訝《いぶか》しげにこちらを見る大尉に、ルパンはウインクを返した。

「僕ですよ大尉、ラウールです」

「驚いたな。君だったのか。一体、何をしに来たんだ」

「奥様が、あなたはユダヤ人だから濡れ衣を着せられたのだと嘆かれているので」

「ああ、リュシー！」

大尉が脱力したようにベッドに座り込んだ。

「大丈夫です。奥様は気丈にがんばってらっしゃいます。僕もついてます」

「妻と子どもたちを、安全なところに避難させてくれないか」

「どうしてです。あなたは、やっぱりスパイなんですか」

「まさか！　私は、神に誓って無実だ。そもそも私がどれほどドイツ人を憎んでいるか、陸軍の中で知らない者はいない」

「ならば、すぐに疑いは晴れるはずでしょう」

「私もそう信じているが、反ユダヤ人派の連中が妻や子どもたちに嫌がらせをするかも知れない。それが心配なんだ」

それを聞いて、ルパンは作家先生が書いた記事を思い出した。

先生はこういう事態を予想していたのか。

「だが、ずっと忠誠を尽くしてきた私に無実の罪を着せるなんてことは、絶対にしないはずだ。だから、安心して欲しいと妻や子どもたちに伝えてくれ」

こんな酷《ひど》い目に遭いながら、まだ陸軍を信じてるなんて、この人はバカだ。

「ラウール、そんな顔をするな。フランス陸軍は、フランスの誇りなんだ。だから、国民の期待を裏切るような不実はしない」

真犯人を捜せ！

ドレフュス大尉がスパイとされた決め手は、ドイツ武官に送られた密告文書の筆跡と大尉のそれが似ていたからだと、新聞記事には書かれていた。だが、それだけでは大尉を救う手がかりとしては不充分だった。もっと情報を集めなければ――。

ルパンは陸軍参謀らが出入りする飲み屋を探し当てると、将校に扮して毎日通った。

二週間ほど聞き込みを続けるうちに、ドレフュス逮捕の顛末《てんまつ》が分かった。

まず、ドイツ武官に機密を漏らした可能性がある五十人の参謀に事情聴取が行われた。その捜査に当たった情報部長は、名簿の中に唯《ただ》一人ユダヤ人がいるのを見つけ「こいつに違いない」と断定したという。つまり、その五十人全員の筆跡を鑑定した結果として犯人を特定したわけではないのだ。

さらに、ドレフュス大尉は「規律にうるさく、場合によっては上官にも意見をする男で煙たがられていた」ということも、少なからず逮捕に影響したようだ。彼が拘束された時に「傲慢な態度の報いだ」と笑いものにした者もいたらしい。

しかし、事件発覚後の自宅の捜索や大尉の関係者への聴取では、大尉が大のドイツ嫌いであることが判明し、カネや女のトラブルがあった形跡もなく、動機を見つけられなかったという。それで情報部長が困惑しているというのも分かった。

とはいえ誇り高き陸軍としては誤認逮捕だったとも言えず、どうやら濡れ衣を着せたまま捜査を終えようとしているようだ。

それだけの情報を得てルパンは決断した。すなわち、この手で五十人の「容疑者」全員の筆跡を集めて、専門家に鑑定してもらうのだ。

ルパンはさっそく陸軍情報部長の部屋に侵入し、問題の密告文書を入手することにした。この文書と筆跡が一致した奴が犯人だ。

参謀本部には、清掃員らが出入りする勝手口がある。その一人に化けたルパンは、勤務を交代する数人の中に紛れて、本部内に侵入した。そして、資料室に隠れ込み、夜になるまで待った。

午後十一時になったのを見計らって、ルパンは行動開始した。飲み屋での聞き込みで建物内のつくりはだいたい把握している。

情報部長室はすぐに見つかった。中の様子を窺《うかが》うと、人の気配はまったくない。七つ道具を使って、施錠されたドアを一分足らずで開けた。

まず、参謀全員の名簿が見つかった。そして、鍵《かぎ》のかかった抽斗《ひきだし》から「ドイツスパイ事件」と書かれたファイルを見つけ出した。

よし。

それらを手にしたルパンは、友人が経営する写真館に急いだ。問題となったメモや捜査資料、そして参謀名簿を全て写真に撮って、朝までに元あった場所に戻さなければならないからだ。

写真技師の友人は、自ら作った特製のカメラを整えて待っていた。ルパンの正体を知り、いつも協力してくれる彼だが、さすがに今回の獲物には目を見張った。

「とんでもない物を盗んだんだな、アルセーヌ」

「欲しいと思えば、何でも手に入れる。それがアルセーヌ・ルパンだというのは、おまえも知ってるだろう」

「陸軍はヤバいぞ。バレたらギロチンだ」

だが、友人は心配しているというより、感心して首を振っている。

撮影する傍らで、ルパンは捜査資料に目を通した。

そこには情報部長の偏見と独断が如実に表れていた。捜査陣の一部からは疑問の声が上がったにもかかわらず、ユダヤ人を嫌う情報部長が強引に犯人はドレフュスだと決めつけたらしい。

さらに反ユダヤ系の新聞などを使って、ユダヤ人叩きまで指示している。

「これがフランスの誇りだという陸軍のやることか！　気に入らない奴に罪をなすりつけるだけで、まともな捜査など何ひとつしていない。こいつらこそ売国奴じゃないか！」

ルパンが憤っている横で友人は黙々と撮影作業をこなした。しかし予想外に手間がかかり、最後の一枚を撮り終えた時には、既に空が白み始めていた。

写真の印画を大至急頼むと友人に言い残して、ルパンはサン・ドミニク通りに急いだ。

再び情報部長室に忍び込むと、すみやかに資料を元に戻した。一刻も早く立ち去るべきなのに、どうにも収まらない怒りに背中を押されて、ルパンは挑戦状を書いた。

親愛なる陸軍参謀情報部長殿
あなたの杜撰《ずさん》な捜査のすべてを拝見した。
必ずその怠慢と不正を暴き、ドイツスパイ事件の真相を、パリ中に知らしめてやる。

A・L

筆跡探し

翌日からルパンは真犯人の割り出しに取りかかった。
最初に訪ねたのは、作戦参謀シモン・ルミエール少佐の自宅だった。女性問題を抱えているという札付きの不良軍人で、情報部の捜査でも容疑者の一人に名が挙がっていた。
ルミエール少佐は、凱旋門《がいせんもん》にほど近い場所に豪邸を構えていた。とうてい軍人が住めるような家ではない。

応対に出たのは、派手な格好をした若い女だった。

「あら、いい男ね。何て名前？」

女は酔っ払っているようだ。

「私は陸軍省総務部のアラン・ベルモンドと言います。少佐はご在宅ですか」

「在宅だけど、私の方が楽しいわよ」

女はいきなりルパンにしなだれ掛かった。

「マダム、嬉しいお誘いをありがとうございます。ただ、本日は公務で少佐に用がありまして」

「おい、誰が来たんだ！」

廊下の奥から野太い声が飛んできた。

「ふん！　あんたにお客よ。公務だって」

暫《しばら》く経って、ひげ面の太鼓腹の男が現れた。

「お休みのところ恐縮です。陸軍省総務部のアラン・ベルモンドと申します。少佐にとって耳よりなお話をお持ちしました」

「耳よりな話だと。陸軍省の木っ端役人が偉そうな口をききやがって」

ルパンは恭しく一礼すると、笑顔で言った。

「この度、陸軍省では参謀本部の将校の皆様の激務にお応えするために、特別な年金制度を設けることに致しまして。その調査にお邪魔しました」

調査には応じるが調査票はおまえが書けと、少佐が怒鳴り散らすのを宥《なだ》めて、何とか直筆の文書を手に入れた。

邸宅を後にしてルパンは思った。

こんな調子で、全員分を回るのは無理だ。別の方法を考えよう。

そして、手っ取り早い方法を思いついた。

もう一度参謀本部に潜り込み、該当する全員の部屋から私文書を盗み出せばいいのだ。

ルパン、追い詰められる

参謀本部内での文書収集は、順調に進んだ。

午後十一時からスタートして午前二時にはほぼ盗み出し、残るは三人分だけになった。そこで、ルパンは情報部長の部屋から捜査資料も拝借することにした。

ルパンが再び情報部長室に侵入し、デスクに座った時だった。部屋の中が一気に明るくなった。銃口をこちらに向けた兵士と、将校が立っていた。

「ようこそ、我が情報部長室に」

逃げ道を探そうと周囲を見回した瞬間、いきなり後頭部を殴りつけられた。

床に転がると、何人もの足が力任せにルパンを蹴った。ルパンは両手で頭を抱えて暴力に耐えた。やがて、両脇を抱えられ、椅子《いす》に縛り付けられた。

「まずは、おまえの名を聞こうか」

「ルイ二十一世」

そう答えた瞬間、思いっきり殴られた。

「おまえはA・Lだろう。もう一度、聞く。いったい何者だ」

口に溜まった血を情報部長の靴めがけて吐いた。さらに三度殴られた。そして、喉元にサーベルの先が突きつけられた。

「名前は」

「アルセーヌ・ルパン」

「何者だ」

「知らないのか。パリ一番の大泥棒だ」

この時、ルパンはまだ二十歳で、怪盗としてその名を轟《とどろ》かせるのは数年先のことだ。情報部長が知らないのは当然だった。

「これはこれは、そんな偉大な方のご尊顔を拝して恐悦至極だな」

ルパンは、また数度殴られた。

「で、ルパンとやら。何のために、私の部屋に忍び込んだのだ」

「あんたの奥さんに頼まれたんだよ」

「なんだと」

「知らないのか。奥さんは、あんたと離婚したがっている。それで、あんたの浮気の証拠を摑んで欲しいと頼まれたんだよ」

捜査資料の中に、彼の愛人とおぼしき女性からのラブレターが紛れていた。一体いつになったら、金持ちの奥さんと別れてくれるのかと書かれてあったのだ。

ルパンを取り囲んでいた兵士に、部屋の外で待つようにと情報部長が言った。二人きりになるとルパンは、不敵な笑みを浮かべた。

「マリアンヌだったよな、あんたの恋人の名は。彼女があんたによこしたラブレターを俺は持っている」

「ウソをつけ」

「ダーリン、私はあなたの赤いバラよ。そのバラをいつ摘み取ってくれるの——マリアンヌからのラブレターに書いてあったよ」

部長が泡を食ってデスクに駆け戻り、鍵をかけた抽斗を開けようとした隙《すき》を、ルパンは逃さなかった。ルパンは既に縄を抜けており、全力で窓に体当たりした。

「待て！」

兵士らがピストルを発砲する中を、ルパンは必死で駆けた。そして、高い塀から飛び降りて、馬に飛び乗った。

エロイーズの謎

翌日、文書とドイツのスパイが書いた密告文書の写真を手にして、ルパンは筆跡鑑定士のもとを訪ねた。

今度はパリ市警一の鬼警部ガニマールに扮装している。

「実は、陸軍から極秘で、ドイツスパイ事件の再調査を依頼された。そこで、密かに集めた参謀の筆跡の中から、この文書と同じ筆跡を大至急探して欲しい」

ガニマールそっくりの高圧的な態度で、ルパンは筆跡鑑定士を睨《にら》みつけた。

鑑定士はガニマールの高名を知っているらしく、卑屈なほど恐縮して「大至急致します。結果は、パリ市警にご連絡すればよろしいでしょうか」と尋ねた。

「ダメだ！　言ったはずだ。これは極秘任務なんだ。この電話番号に直接連絡してこい。それで、どれぐらいの時間で結果が出る？」

「そうですな。これだけの量です。三日はかかります」

「もっと急げ！」

「では、明日の朝までには必ず」

「結構！」

ルパンは、ガニマールがよくやるようにステッキで床を強く叩いてから立ち上がった。

これで真犯人が分かるはずだ。

鑑定士の事務所を出ると、ルパンは馬車でパリ郊外の隠れ家に向かった。そこにドレフュス夫人と二人の子どもたちを匿っているのだ。

隠れ家は誰の目にも触れない深い森の中にあった。屋敷の少し手前で馬車を帰して変装を解くと、ルパンは歩いて隠れ家に入った。

「ああ、坊ちゃま。お帰りなさいまし」

隠れ家の留守を預るルパンの乳母、ビクトワールが嬉しそうに抱擁《ほうよう》してきた。彼女は、ルパンが金持ちから金品を盗み、それを恵まれない人に配っていることも知っている。

いくら義賊だとはいえ、泥棒であることには変わりない。彼女は事あるごとに悪事から足を洗うようにと涙ながらに訴えている。

しかし、今回は純粋な人助けだ。彼女も張り切ってドレフュス母子の世話を焼いている。

ラウールに戻ったルパンは、リュシーに「まもなく真犯人が分かりますよ」と伝えた。リュシーは両手を合わせて喜び、何度も何度も礼を言った。

夫が捕まって以来ずっと泣いていたリュシーが、久々に嬉しそうな笑みを浮かべた。

「もう少しの辛抱ですからね。僕が必ず大尉の無実を証明して皆さんのもとにお連れします。だから、あなたはまずご自身の体調を整えて下さい」

そう言ってリュシーを安心させると、ルパンはすぐに書斎に籠《こも》った。次の手を考えなければ。

筆跡鑑定で真犯人が特定できたとして、それをどう陸軍に伝えればいいのかだ。

情報部長の捜査資料を読む限りでは、彼らはもうこの問題を蒸し返したくないと思っているのが明らかだ。

リュシーには告げていないが、ドレフュス大尉が南米仏領ギアナの悪魔島《ディアブル》に移送されるのも決まっている。

それを何としてでも阻止しなければならない。

やはり、参謀本部内に協力者が必要だった。この事件に疑問を持ち、正しい捜査が行われるべきだと考える協力者が欲しかった。参謀本部内で最も正義感のある誰か――。

適任と考えられるのはジョルジュ・ピカール中佐だ。将来の陸軍大臣と嘱望《しょくぼう》されている切れ者だという。

だが、彼は大のユダヤ人嫌いでもある。

そんな人物が、ドレフュスのために一肌脱いでくれるだろうか。

ルパンは、参謀本部御用達の飲み屋で聞き込んだ時のメモを丹念に見直した。

そして、ある噂話を見つけた。

〝完全無欠のピカールの唯一の弱点は、エロイーズだ〟

彼は恐妻家なのか。

ルパンはピカールの自宅を調べると、すぐに向かった。

平日の午後なら、勤勉なピカール中佐は勤務に就いており、留守だと判断したのだ。

ピカールの自宅は、参謀本部にほど近いアパルトマンだった。再び陸軍省総務部のベルモンドに扮したルパンは、呼び鈴を鳴らした。

老年の執事が応対した。

「奥様にお会いしたいのですが」

「どなたかと、お間違いでは？」

慇懃《いんぎん》に返されて、ルパンは戸惑った。

「エロイーズ様ですよ」

そう言った瞬間執事の顔つきが変わり、勢いよく扉が閉められた。

どういうことだ。なぜ、執事はピカール夫人の名を聞いて、あんなに怒ったのだ。

訳が分からず、ルパンは隣人のドアをノックした。上品そうな老婦人がドアを開いた。

「こんにちは、マダム。私は陸軍省の者なのですが、お隣のピカール中佐について伺いたいことがありまして」

「まあ、お入りになって」

応接室に通されたルパンは、マダムからお茶とお菓子を振る舞われた。急いては事をし損じるの戒めを守って、慌てて本題に入ったりはせず、老婦人の世間話を、いかにも面白そうに聞いた。

「ところであなた、お隣の中佐のことをお聞きになりたいのよね」

「あっ、マダムのお話がとても面白かったので、すっかり忘れていました。お尋ねしたいのは、ピカール夫人についてなんです」

「ご夫人？　彼は独身ですわよ」

「でも、エロイーズという方がいらっしゃると伺ったのですが」

老婦人は嬉しそうに笑ったかと思うと、手にしていた扇を開いて前のめりになった。

「彼女は、中佐のいい人ですわ」

「つまり、愛人ですか」

独身なのに、なぜ愛人がいるのかが分からなかった。

「もう少し正しく言うと、中佐の方が愛人ね。エロイーズにはご主人がいるから」

なるほど、だから弱点だったのだ！

残念ながら、老婦人はエロイーズの自宅を知らなかった。ただ、夫は金持ちの伯爵だと教えてくれた。

筆跡鑑定の結果

エロイーズという名の妻を持つ伯爵は、幸運にもパリには一人しかいなかった。伯爵宅を探し出し、エロイーズを特定したルパンは、手下に彼女を見張るように命じた。

そして、翌朝――。

ルパンは夜明け前に起床して、電話の前に陣取った。

だが、夜が明けても、朝食の準備が整った午前八時になっても、筆跡鑑定士から電話は掛かってこない。ビクトワールに部屋まで食事を運んでもらい、それを平らげた時だ。ようやく電話が鳴った。

「もしもし」

ガニマール警部を真似て低い声で電話に出た。

「おはようございます、警部。大変お待たせしました。ようやく、結果が出ました」

さあ、誰が真犯人だ！

「実は、大変、申し上げにくいのですが、該当者がおりませんでした」

「何だって！　そんなはずがない」

思わずルパンはテーブルを力任せに叩いてしまった。

「そうおっしゃいましても、合致した筆跡はございませんでした」

「その中には、ドレフュスのものもあるんだぞ」

念のため、リュシーから借りた直筆の手紙を、鑑定士に渡してあった。

「承知しております。しかし、ドレフュス大尉のものも、合致しませんでした」

やはり濡れ衣を着せられていたのだ。

それは、喜ぶべきことだが、真犯人を見つけられなければ何の意味もない。一体誰がやったんだ。

その時、ルパンの頭にある男の顔が浮かんだ。

あいつだ。情報部長が真犯人に違いない。

「分かった。追加の文書を持参する。それを鑑定してくれ」

ルパンは電話を切ると、ドイツスパイ事件ファイルの複写を取り出して、もう一度じっくりと読み込んだ。やがて、もしかして、これは情報部長のものではないか、と閃いた。他のページにも何カ所か同様の書き込みがあり、いずれも筆跡が似ている。

よし、これを鑑定してもらおう。

資料を片付け、ガニマールに変装しようとしてルパンは手を止めた。

俺は時々大事なことを見落とす癖がある。情報部長に待ち伏せされた時、彼以外にもあと二人分、文書を盗めないまま逃亡したのだ。この二人の筆跡も念のため手に入れたほうがいい。だが、もはや参謀本部に忍び込む危険は冒せない。だったら、自宅に行くまでだ。

ルパンはその日の夜に残り二人の直筆文書を手に入れると、翌朝にガニマール警部として再び鑑定士を訪ねた。

真犯人の名前

「鑑定するのは三人分だ。私はここで待っているから、さっさと調べろ」

ガニマール警部を真似て怒鳴りつけると、筆跡鑑定士は素直に調査を始めた。待つこと一時間、鑑定士が声を上げた。

「ありました、間違いない。この方の筆跡です！」

「情報部長か！」

そう言っても、鑑定士は誰が情報部長なのか知らない。彼は合致したという文書をルパンに差し出した。

それを見て、ルパンは思わず「えっ！」と声を上げた。情報部長の筆跡ではなかった。

フェルディナン・ヴァルザン・エステラジー少佐という人物のものだ。

「誰だこいつ」

思いも寄らぬ名が飛び出して、さすがのルパンも途方に暮れた。


すっかり常連となった飲み屋で、ルパンはエステラジー少佐の評判をさりげなく探った。

「エステラジー少佐ねえ。あいつは、クズだよ」

「クズって？」

「カネに汚い、女たらし、いつも威張り散らしているけど、ここの支払いだってほとんどしたことがないんだ」

飲み屋の主人が吐き捨てるように言った。カネに困っているというのは、スパイをする理由の一つだと新聞記事に書かれていた。

「何で、そんなクズが、参謀本部なんかにいるんだ」

「あいつはオーストリアかどっかの伯爵でさ、いろんなコネを持ってるんだよ」

主人の怒りは本物に思えた。

ルパンはさらに数日かけて、エステラジー少佐に関する情報を収集した。

確かにどうしようもない「クズ」だった。その上、彼はドイツ軍の方が待遇がいいので、近く移籍しようかと言っていたらしいという情報も摑んだ。

間違いない。こいつが真犯人だ。

だとすれば、早急にピカール中佐を説得して協力を得るべきだった。

幸運の到来

ピカール中佐の恋人、エロイーズの監視を続けていた手下に、彼女を襲うようルパンは命じた。

エロイーズは、天気が良い時に自宅近くのブローニュの森を散歩する習慣があった。朝から晴れ渡っていたその日、ルパンは手下と共にブローニュの森でエロイーズを待ち伏せした。

白いロングドレスにつばの大きい帽子を被ったエロイーズは、花を愛でながら優雅に散歩道を歩いている。その後ろには一メートルほど離れて付き人らしき若い娘が従っているだけで、他に誰もいない。

ルパンの合図で、三人の手下がエロイーズを囲んだ。

「マダム、俺たちは心寂しい労働者なんだ。俺たちを慰めてくれないか」

一人がそう言って、エロイーズに近づいた。

「なんて失礼な。人を呼びますよ」

「どうぞ。でも、森で叫んでも、助けは来やしませんよ」

もう一人の手下がエロイーズを後ろから羽交《はが》い締《じ》めにした。悲鳴を上げた娘は、恐怖の余りその場にへたり込んでいる。エロイーズは手にしていた日傘を振り回して抵抗したが、それも男に奪われてしまった。

木陰から様子を見ていたルパンは、タイミングを見計らって飛び出した。そして、エロイーズを羽交い締めにしている男の手首を摑むと、強く一方にひねった。

「痛たた！　何をしやがる」

ルパンは男を背負い投げすると、次に掛かってきた男には手刀を見舞った。親分の強さを知っているルパンの手下は示し合わせた通り、仲間二人に「やばいぜ、逃げろ！」と叫んで駆け出した。

ルパンは少しの間、後を追いかける振りをしてからエロイーズのもとへ引き返した。

「お怪我はありませんか、マダム」

「ありがとうございます。おかげで助かりました。お礼の申しあげようもありません」

「お気遣いはご無用です。私はラウール・ダンドレジーと申します。しがない新聞記者です」

ルパンは跪《ひざまず》いてエロイーズの手の甲に口づけをした。

「初めまして、エロイーズ・ド・ペローです」

これで、一歩前進だ。

それから数日かけて、エロイーズとの信頼関係を築くべく努力した。その間には、軍事法廷がドレフュス大尉の有罪を確定し、大尉を悪魔島に移送したというニュースが入っていた。噂では、そこに移送された囚人は、あまりの暑さに二、三年で正気を失うか衰弱して死ぬと言われている。もはや一刻の猶予もなかったが、ルパンは慎重に行動した。

そして遂に、彼女の愛人であるピカール中佐と引き合わせてもらうことになった。エロイーズからディナーに招待されたのだ。

「危ないところを救ってくれたそうで、私からも礼を言うよ」

それからピカールは、エロイーズに向かって言った。

「今日、参謀本部長に呼ばれて、情報部長に任命された」

「まあ、ジョルジュ、それは大役ね」

それを聞いて、ルパンはシャンパンを吹き出しそうになった。

「本部長からドイツスパイ事件の再捜査を命じられてね。あれは、杜撰な捜査だと私も思っていたんで、探偵ごっこなんて性に合わないんだが引き受けることにした」

何という幸運。何という巡り合わせ！

「どうかしたかね、ダンドレジー君」

思わぬ幸運をどう生かすべきか迷った。

「遠慮しなくていいよ。君は、『オーロール』の記者なんだろう。意見を聞かせてくれないか。ドイツスパイ事件をどう思う？」

腹を決めた。

「僣越《せんえつ》なのですが中佐、ドレフュス氏は無実の罪を着せられていると思います」

「ほお、その理由は？」

「例の密告文とドレフュス氏の筆跡鑑定について、情報部の調査はあまりにもいい加減でした。そして、それ以上に疑わしい人物を野放しにしました」

「何か知っているんだな。話してくれたまえ」

「私はパリ市警のガニマール警部と親しくしております。その警部が、政府高官から極秘で、ドイツスパイ事件の再捜査を依頼されたそうなんです」

ピカールの目はワシのように鋭かった。彼に見つめられるだけで、ウソがばれそうだ。

「ガニマール警部は陸軍参謀の筆跡を取り寄せ、全員の筆跡を鑑定したと聞いています。そして、真犯人を見つけたとか」

ピカールの目が閉じられた。腕組みしている肩に力が籠もっている。

「その真犯人とは？」

「いくら仲が良くても、新聞記者にそこまでは教えてくれませんよ。でも、あなたにならお話しになるのでは？」

「ならば、会ってみようか」

「では、私が仲介しますよ」

「いや、私がパリ市警に連絡するよ」

それは困る。

「それが、ちょっと問題がありまして」

「なんだね？」

「ガニマール警部は今回、政府高官からの極秘任務で動いているので、警視庁に中佐が連絡されると問題が生じます。なので、私が警部に伝えて、警部から中佐に連絡してもらうのが一番だと思うんです」

こんな屁理屈が通用するか不安だったが、ここは押し通すしかない。

「では、彼からの連絡を待とう。ガニマール警部が見つけたという容疑者が真犯人だと分かった時は、君の特ダネにすればいい」

「ありがとうございます。では、早速、ガニマール警部に連絡します！」

そこから先は、ルパンは料理の味も覚えていない。これで、ドレフュス大尉を、灼熱地獄とえん罪から救える。そのことで頭がいっぱいだったのだ。

されど翻らず

ピカール中佐はルパンが変装したガニマールに会ったが、全く疑わなかったようだ。警部が持参した証拠がそれだけ魅力的だったのだろう。

中佐はガニマール警部から報告を聞くと、筆跡鑑定の報告書を受け取った。

「警部、あなたの功績には頭が下がります。本当にありがとうございます。ただ、一つお願いがあります。ご存じのように陸軍は高いプライドを持っています。自分たちがスパイと断定した人物が無実だったと認めさせるには、色々と根回しが必要です。当分の間、この事実をご内密に願えませんか」

「その間にエステラジー少佐が逃亡したら、どうされるおつもりです」

「ご安心を。彼は今日にも拘束します。私が独自で捜査した中でも、エステラジーが一番疑わしいという結論に達していますので。しかし、それは簡単には公表できません」

クソ忌々しい陸軍の名誉のためか。

ルパンは「くそ食らえ」と叫びたかったが、渋々了解した。

結局、くだらない根回しとやらのせいで、陸軍参謀本部がようやくエステラジー少佐を軍法会議にかけた時には、数ヶ月が経過していた。おまけにスパイ容疑について無罪を言い渡したのだ。

何たる、恥さらし。

何たる卑怯!

ルパンははらわたが煮えくりかえった。そして、ガニマールの声を装って、ピカール中佐に電話を入れた。すると、中佐は北アフリカに出張中だという。その後の調べによると、強硬にエステラジー有罪を主張したために、左遷されたらしいのだ。

こうなれば、最後の手段を取るしかない。

ルパンはそう決断すると、仏領ギアナに向かった。

灼熱地獄の悟り

悪魔島は聞きしに勝る酷い場所だった。

暑さは凄《すさ》まじく、しかもドレフュス大尉が収監されている監獄は、水すら乏しい場所なのだ。

島に到着して二日目、ルパンは深夜に監獄に忍び込むと、苦しげに喘《あえ》ぐ寝息を頼りにベッドに近づいた。そして、熱を帯びたドレフュス大尉の腕に触れた。

「大尉、起きて下さい」

耳元で囁《ささや》くと、うなされていた大尉の目が開いた。開け放たれた窓から月の光が射している。

「誰だ」

「僕です。ラウールです」

「ああ、私はこんな幻覚まで見るようになったのか」

「幻覚じゃありませんよ」

ルパンは持参した冷水とバナナを手渡した。そこでようやく大尉は状況を理解したようだ。

「本当にラウールなのか。一体、君がなぜここに？」

「あなたを盗みに来たんです」

「盗みにだと？」

「そうです。愚かなフランス陸軍からあなたを盗んで、リュシーさんと二人のお子さんのもとに帰すために来ました」

妻の名を聞いたせいだろうか。ドレフュス大尉が体を起こした。

「妻と子どもは元気か」

「もちろんです。三人ともお元気で、あなたの帰りを待ってらっしゃいます」

それを聞くと、大尉は水を口にし、バナナを食べた。

「看守たちはどうしたんだ？」

「僕が薬で眠らせました。朝まで起きません。今のうちに脱け出しましょう」

ルパンが大尉の手を引いた。

「いやラウール、それはできない」

「なぜです？」

「ここを脱獄したら、私は罪を認めることになる。それは私の敗北であり、軍人としての名折れだ」

「何を言ってるんです！　真犯人は見つかったんですよ。でも、陸軍は恥をかくのが嫌で、無罪釈放したんです。そんなやつらに忠誠を誓ってどうするんです！」

だが、ドレフュス大尉は激しく首を振ってルパンの話を聞こうとしない。

いっそ、当て身を喰らわせて、担いで運びだそうかと思った。

「ラウール、聞いてくれ。確かに私はここから一刻も早く抜け出したい。だがね、それ以上に私にかけられた疑いを晴らしたいんだ。それが出来なければ、私は生きていけない。分かるかね。正義を果たすことが、私の生きる意味なんだ」

「正義ですって！　こんなにやせ衰えているのに、バカを言わないでください。あなたの正義が証明されるのを待っている間に、あなた自身が死んでしまいますよ」

「それでもいいんだ。私は、誇りまで失って生きていたくない」

何を考えているんだ、この人は。俺が何のために、ここまで来たと思っている。

「お願いだ、ラウール。私を助けたいと思ってくれるなら、私の無罪を勝ち取ってくれ。それこそが私を救うということなんだ」

ルパンはそれ以上の議論を諦《あきら》め、夜が明けるまでじっと大尉のそばにいた。そして、看守たちが目覚めようとしているのを見て立ち上がった。

「最後のチャンスです。逃げないんですね」

「逃げない。私の願いは変わらない」

やっぱり俺には軍人は理解できないな。

ルパンは結局一人で監獄を出た。

島から離れる船の中で、ルパンは朝日にきらめく海を見て考えた。

どうすれば、あの人の願いを叶えられるのか。正義とやらが果たせるのかを。

その時、ある人物の顔が浮かんだ。

そうか、ここは先生に頼むしかないか。

先生は小説家としての名声だけではなく、社会的な影響力もある。あの先生がドレフュス大尉の無実を訴えてくれたら、正義は果たせるかも知れない。

パリに帰ったら、すぐにエミール・ゾラ先生を訪ねよう。


一八九八年一月十三日、作家エミール・ゾラは、「オーロール」紙上の一面に、大統領に宛てた記事を載せた。

「私は弾劾する」という見出しのついたこの記事によって、ドレフュス事件は、世界的注目を浴びることになる。

仏蘭西紳士

湊かなえ

湊かなえ（みなと・かなえ）

1973年、広島県生まれ。2009年『告白』で第6回本屋大賞を受賞。主な作品に『贖罪』『白ゆき姫殺人事件』『望郷』『リバース』『ユートピア』などがある。

仏蘭西丸

高く煙を吐き出しながら巨大な姿を現した、欧州帰りの貨客船「仏蘭西丸《ふらんすまる》」が、ボウと腹の底をすくい上げるような大音量の汽笛を鳴らして接岸すると、神戸の港に集まっていた人たちはいっせいに歓声を上げた。

船のデッキには、洋行帰りの人たちが立ち並び、ただいま、と言わんばかりに、港に向かって手を振っている。港には、それらの人たちを迎えに来ている人もいれば、ただ、船を眺めに来ているだけの人もいた。

男も女も、大人も子どもも、さまざまな人たちで賑わっている。人垣の後ろの方に一人で立ち、ぼんやりと船を眺めている少女がいた。名前は、橘《たちばな》美千代《みちよ》。年齢は一五歳。

「母さま、大きなお船ですね」

美千代の横に立つ小さな男の子が、はぐれないよう彼の手をしっかりと握りしめている母親に、目を輝かせながら話しかけた。

「本当に、海に浮かんでいるのが不思議なくらい」

「母さまは、お船が怖いの？」

「見ているだけで、心臓がドキドキしているわ」

「ぼくは、男だから怖くなんかないさ。父さまはいつかこの船に乗せて、フランスへ連れて行ってくれるかしらん」

「坊やがいい子にしていれば、きっと、連れて行ってくださるわ」

二人の会話に、美千代はじわりと湧き上がった涙を、そっと手の甲で拭《ぬぐ》った。

「さあ、父さまを迎えに行きましょう」

乗客たちが下船し始めると、男の子は母親の手を強く引き、船の方へと流れる人波に、吸い込まれるよう姿を消した。

しかし、美千代は同じ場所に立ち尽くしたままだ。彼女は男の子の姿に自分を重ね、また少し、涙を拭った。黒髪の理知的な美しい少女が、いったいどうして泣いているのだろうと、彼女を見ている男がいたが、美千代はそんなことにはまったく気付かず、大切な人たちのことを思い出していた。

貿易会社の社長であった、美千代の父親は、一年の半分以上をヨーロッパなどの外国で過ごしていた。幼いころからそうであったため、あまり一緒に過ごすことはできなかったが、美千代は父親のことが大好きだった。彼の乗った船が港に着く日には、寒かろうが、暑かろうが、雨が降ろうが、必ず、迎えにやってきた。

港には、スリや乱暴な人たちも大勢いて危ないから、家で待っていなさい。七歳年上の姉、小百合《さゆり》からは、いつもそんなふうにたしなめられていたが、美千代は舌をベエと出して、山手にある屋敷を飛び出し、自転車で坂道を走って下った。

自転車で町を走り回るのを、はしたないと叱《しか》るのも、小百合の役割だった。姉妹の母親は、美千代がまだ八歳の時に肺の病気で死んでしまった。妻を深く愛していた父親は、後妻をもらわなかったため、小百合が美千代の母親代わりとなってくれたのだ。

時に厳しく、しかし大半は優しかった。名前の通り、真っ白な大輪の百合の花のように美しい姉のこともまた、美千代は大好きだった。

だからこそ、幸せな結婚をしてほしかった。

仏蘭西紳士

「危ない！」

強い叫び声に、美千代はハッと我に返った。黒い大きな犬が、彼女に向かって突進している。ハアハアと荒い息を上げる獰猛《どうもう》そうな犬を、周囲の人たちは怯《おび》えた様子で眺めている。犬は前足を高く上げ、美千代にとびつこうとした。

その時、美千代の片腕がぐいと引っ張られたかと思うと、背の高い紳士が彼女をかばうように犬の前に立ちはだかった。相手が代わったことに、犬は一瞬だけ怯《ひる》んだが、かまうものかと言わんばかりに、紳士に向かってとびかかった。

「ああっ！」

声を上げた美千代の目の前で、紳士は片手で犬の首根っこをつかむと、もう片方の手で犬の胴体をくるりとまわし、体全体を地面に押し付けた。くううん、と犬は弱々しい声を上げている。

「どうだ、まいったか」

紳士は異国の言葉、フランス語で犬に向かって言った。

「あの……」

美千代は紳士の背中越しに声をかけると、咳払いを一つしてから、フランス語でこう言った。

「助けてくださいまして、ありがとうございました。しかし、その犬をもう離してあげてくださいませんか。飼い主が心配そうにこちらを見ていますわ」

日本人の少女がフランス語を話せることに驚きながら、紳士が顔を上げると、犬が走ってきた方向から、老婦人がおろおろした様子で、こちらにやってくるのが見えた。

「ごめんなさい。私の犬がご迷惑をおかけして。その子を返してもらっていいかしら」

老婦人もまた、流暢《りゅうちょう》なフランス語を話した。しかし、こちらは白髪交じりではあるが金髪に青い目をした女性である。

「わかりました、奥さん。しかし、今度は鎖をしっかり握って離さないように」

紳士はそう言って、ニコリと笑いながら、黒い犬の首輪から延びている銀色の鎖の持ち手の部分を、老婦人に握らせた。犬は甘えっ子のように老婦人のドレスの足下に、大きな体をすり寄せた。

「美千代、大丈夫？」

老婦人は美千代には日本語で話しかけた。

「ええ、このとおりまったく」

美千代はどこもケガをしていないし、服も汚れていないことを、老婦人に証明するように、大きく両手を広げて見せた。

「よかったわ。ところで、こちらの方は美千代の家のお客さまかしら？」

老婦人は紳士の方を見た。

「いいえ、初対面ですわ。偶然、助けてくださったのです」

美千代がそう答えると、紳士は二人に向かって自己紹介をした。

「僕はこの『仏蘭西丸』で日本にやってきました。パリで画商を営んでおり、絵の買い付けのためにやってきたのです」

そうして紳士は、自らをレニーヌ公爵と名乗った。美千代と老婦人も公爵に名前を伝えた。老婦人の名は花隈《はなくま》オルタンスという。

「時間に余裕がありましたら、ぜひ我が家にお越しくださいな。主人の日本画コレクションがありますの。山手のバラ屋敷と言えば、大抵の人には通じますわ」

花隈夫人は、自分の故郷からやってきた青年を、はしゃいだ様子で誘ったが、レニーヌ公爵が返事をする前に、黒い犬がくうんと鳴き、もう行こうというように鎖を引っ張った。

「では、お先に」

花隈夫人は名残おしそうに去っていった。

「とても獰猛な犬の飼い主には見えませんな」

レニーヌ公爵が美千代に言った。

「ローズ、あの犬の名前です。ああ見えて、メスなんですよ。ローズは、花隈夫人がご主人を亡くされてから、ボディガードとして飼われたのです。お子さんはいらっしゃらず、駆け落ち同然で出てきた故郷に戻るつもりもないそうですが、よく散歩がてら、港に船を見に来ているんです」

「お詳しいんですな」

「夫人には、週に二度、英語とフランス語を教えてもらっているんです」

「それで、こんな流暢に話せるのですね」

「まあ、恥ずかしいわ。半分も通じているか、自信がありませんのに」

「目を閉じていると、本当に日本にやってきたのだろうかと思うほどですよ」

レニーヌ公爵は、お世辞を言うようにではなく、真剣な顔でまっすぐ見つめて褒めたので、美千代は頬を真っ赤に染めて俯《うつむ》いた。

「しかし、どうしてまた西洋の言葉を？」

レニーヌ公爵は、日本の女性の勉強といえば、料理や裁縫《さいほう》ばかりだと何かの本で読んだ憶えがあったため、不思議に思った。

「本を読むためですわ」

「ほう、いったいどんな本を？」

「怪盗ルパンや名探偵ホームズなどの推理小説です。貿易会社を経営している父が、年に数回、ヨーロッパに行き、お土産にそれらの本を買ってきてくれたのです」

「ドレスやネックレスではなく？」

「私の姉は、そういった美しいものが好きなのですが、私はオシャレより、本を読む方が好きなのです」

若い娘が、髪や目と同じ色の地味な服を着ていることに、レニーヌ公爵は最初に見かけた時から違和感を抱いていたが、なるほどと納得した。公爵の視線が服に移ったことに気付いた美千代は、今日ばかりは、もう少し明るい色の服にすればよかったと後悔した。

「ところで、公爵、あの噂は本当なんですの？」

美千代が声をひそめて訊《たず》ねた。

「さて、噂とは？」

「私、ルパンやホームズは架空の人物だと思っていたんです。でも、花隈夫人は、本国では、実在する人物だ、という噂があるとおっしゃるんです」

「実在したら、どうしますか？　特に、ルパンは怪盗だ。あなたのような娘さんなら、恐ろしく思うのではないですか」

「そんなことはありませんわ。ルパンは女や子ども、貧しい人には親切な紳士ですもの。噂が本当なら、いつか、ヨーロッパに行った時に、お会いできるかしらと、ワクワクしたくらい……」

そう言うと、美千代はふと顔を曇らせたが、すぐに笑顔を作った。レニーヌ公爵はその一瞬の変化に気付いたが、理由を聞くと、目の前の少女を悲しい気持ちにさせるのではないかと思い、胸にとどめておくことにした。

「それにしても、花隈夫人と親交があるということは、あの黒い犬も、あなたに馴れているということですね」

「ええ。ローズは番犬としてしつけられているので、花隈夫人以外の人にはまったくなつかないのですけど、私には馴れてくれたようです」

「では、さっきも、あなたを襲おうとしたわけではなかった」

「花隈夫人は見ての通り小柄で華奢《きやしや》な方なので、クマのように大きい上に力も強いローズの鎖を、時々、離してしまうことがあるのです。きっと、ローズは私を見つけて、嬉しくなって駆け出したのですわ」

「やはりそうか。僕はあなたを助ける必要はなかったのですね」

「いいえ、あの勢いでローズを抱き留めていたら、私、きっと転んで服を汚していたはずだわ。だから、あなたにとても感謝しています」

「それなら、よかった」

レニーヌ公爵は、頬を染めながらもまっすぐ自分を見つめる美千代に興味を持った。

「僕はオリエンタルホテルに宿泊しますが、よろしければ、ティーラウンジでお茶でもいかがですか。日本のことをいろいろ教えていただきたいのだが」

公爵の申し出に、美千代もまた、海を渡ってきたばかりの青年紳士ともっと話してみたいと思ったし、噂の真相も聞いてないままだということにも気付いたが、そんな悠長なことをしている場合ではないと思い直した。

「ごめんなさい。あまり遅くなると姉が心配するので」

美千代はそう言って、レニーヌ公爵にペコリと頭を下げると、背を向けて駐輪場まで走り、まだにぎわいの治まらない港から去っていった。

美千代が顔を上げた時、その表情がまた少し曇っていたことをレニーヌ公爵は見逃さなかった。やはり、何か困ったことがあるのかと、訊ねた方がよかっただろうか、と公爵は黒髪の少女が去っていった方をしばらく眺めていた。

婚礼支度

美千代は慌てて家に帰ったものの、彼女を迎えたのはお手伝いの梅子《うめこ》さんだけだった。よく肥えた梅子さんは、いつもなら、ビスケットやアップルパイなど、得意な菓子を作り、さあさ、小百合さまとお召し上がりください、と美千代の背を押すようにしてダイニングルームに促すのだが、橘家に起きた事件以来、梅子さんは無口になり、遠慮がちに、お茶を飲むかと訊ねるだけになった。

美千代は梅子さんに二人分の紅茶を用意し、姉の部屋に運んでくれるよう頼んだ。

「お姉さま、ただいま」

美千代が小百合の部屋に入ると、ベッドで寝ていた小百合はだるそうに上半身を起こした。

「具合はどう?」

美千代が訊ねると、小百合は力なく、首を横に振った。顔には生気がなく、枯れかけた百合の花のように見える。

「たまには、お姉さまも外に出て、散歩をしましょうよ。今日は港で、すばらしく素敵な紳士にお会いしたのよ。フランスから来たレニーヌ公爵という方で、絵を買い付けに来たんですって。背が高くて、肩幅ががっしりしていて、知的で精かんなお顔つきで、まるで、外国の小説から飛び出してきたようなお方だったわ」

美千代は興奮冷めやらぬ様子で話したが、小百合は声が聞こえているのかも疑わしいほどに無反応なまま、ぼんやりと窓の外に目をやった。美千代は姉に無視をされても腹は立たなかった。むしろ、落ち込んでいる姉に、不謹慎な話をしてしまった気分になり、同じように窓の外に目をやってみた。

と、家の外に自動車の停まる音が聞こえた。小百合にも聞こえたようで、ハッと身を硬くしたのが美千代にはわかった。ほどなくして部屋のドアがノックされた。

美千代が出ると、梅子さんが立っていた。しかし、紅茶の載った盆を持っていない。

「建造《けんぞう》さまがお見えになりました。お嬢さま方にお茶をお持ちしようと思っていたところだとお伝えしたら、下の応接室で一緒に飲もうとおっしゃいました」

橘建造氏は、美千代たちの父親の従弟《いとこ》で、貿易会社の専務をしていた男だ。現在は社長である。美千代がちらりと振り返ると、小百合は助けを求めるような目で美千代を見つめ返した。

「わかったわ。お姉さまは具合が悪いので、私が下に降りておじさまのお相手をします」

美千代は、大丈夫、というふうに小百合に頷いて、階下に降り、応接室に向かった。三カ月前から車いすで生活をしている建造氏は、それに座ったままテーブルについており、梅子さんが姉妹のために用意した紅茶を悠然と飲んでいた。

「ごきげんよう、おじさま」

自分よりも、父親に年齢の近い建造氏のことを、美千代はおじさまと呼んでいた。快活で狩猟が好きな建造氏を、美千代は嫌いではなかったが、歓迎ムードで迎えることはできなかった。

「美千代か。小百合はどうした」

「お姉さまは、体調がすぐれなくて、上で休んでいます」

「なんだ、今日は、小百合にプレゼントを持ってきたのに」

建造氏がそう言うと、秘書の畑中《はたなか》青年が白い大きな箱を抱えてやってきて、テーブルの上に置いた。

「今日の船で届いたばかりの品だ。美千代、開けてみろ」

「私がですか？」

「見るだけなら、小百合も怒らんだろう。でも、触ってはいかんぞ」

美千代には、箱の中身は想像できなかったが、建造氏から小百合へのプレゼントなど、見たいとも思わなかった。しかし、今の美千代はささいなことであっても、建造氏に逆らうことができない。

「では、失礼しますわ」

そう答え、美千代は箱の蓋《ふた》に両手をかけ、ゆっくりと持ち上げた。

「まあ！」

箱の中には純白のドレスが入っていた。畳まれているため、裾《すそ》の方のデザインは見えないが、胸元にはダイヤモンドを何粒もあしらった豪華な刺繍が入っていた。いったいいくらするのだろうと、美千代は考えただけでも気が遠くなりそうだった。

「どうだ、すばらしいだろう」

建造氏が満足そうに言った。

「本当に。こんな豪華なドレス、見たことがありませんわ」

「小百合にふさわしいドレスだ」

「ええ……」

美千代は姉のドレス姿を想像した。小百合の美しさはダイヤモンドに引けを取らない。むしろ、ダイヤモンドのきらめきに、より美しさが際立つはずだ。しかし、それは嫁ぐ相手が姉の愛する人の場合である。

「我が花嫁が、このドレスを身に纏《まと》う日が楽しみだ」

そう言って、建造氏はガハハと一人楽しげに、声を上げて笑うのだった。美千代はどうかこの声が姉に聞こえていませんようにと、胸の内で祈ることしかできなかった。

花隈夫人

翌日、レニーヌ公爵は山手にある花隈邸を訪れた。バラ屋敷と呼ばれるだけあって、庭にはさまざまな色のバラが咲き誇っていた。しかし、バラに見とれている場合ではない。黒い大きな犬、ローズがこちらに向かって突進してくる。

しかし、公爵が昨日と同じ構えをとると、ローズも自分がねじ伏せられた相手だと気付き、急に立ち止まると、くうんと鳴きながら、鼻先を公爵のズボンの裾にこすりつけた。そして、案内するように玄関に向かっていった。

花隈夫人は、突然訪れた公爵を大喜びで迎えた。公爵が頼む前から、亡き夫の日本画コレクションを見せ、夫から聞きかじった絵の蘊蓄《うんちく》などを披露すると、ここからがメインだというふうに、庭のバラが美しく見えるサンルームでのお茶会に招待した。

「日本のお茶もあるのよ」

花隈夫人は戸棚の茶葉の缶をすべてワゴンに載せてきて、公爵にどれがよいかと訊ねた。夫人の自慢の品なのだろう、と公爵は解釈した。しかし、お茶をふるまう相手がいない。その証拠に、未開封のものがたくさんある。いや、一人いるのかと、公爵は黒髪の少女を思い浮かべた。

「では、これをいただけますかな」

公爵はワゴンの一番手前の右端に載っている、開封済みのダージリンの缶を指さした。

「まあ、美千代が好きな紅茶だわ」

夫人はそう言って、指定された茶葉をティーポットに入れた。実は、レニーヌ公爵が花隈邸を訪れたのは、日本画のためではなく、港で会った知的な瞳を持つ少女について知るためだった。どう切り出そうかと考えていたのに、夫人の方から名前を出してくれたのは幸運だ。

「あなたから語学を学んでいると聞きました。まだ若い娘が外交官にも劣らないほど流暢に話せるということは、よほど先生が優秀なのでしょうな」

「褒めてもらえて、嬉しいわ」

花隈夫人は少女のように頰をバラ色に染めて喜んだ。

「でもね、美千代の語学が上達したのは、私の教え方よりも、彼女の努力の成果よ。夢を叶えるためにがんばったの」

「夢？ はて、僕は、美千代さんから、推理小説を読むために語学を学んでいると聞いたのですが、彼女は小説家でも目指しているのですか？」

「いいえ。まあ、いつか自分の体験を書くことはあるでしょうけど、彼女は一日中、書斎にこもっているような子じゃないわ」

花隈夫人がまるで自分の娘の自慢をするように、得意げに話すのを聞きながら、公爵は少しばかり嫉妬《しっと》せずにはいられなかった。初対面とはいえ、どうして美千代は本当の理由を自分には教えてくれなかったのだろうと。

そんな公爵の気持ちを知ってか知らずか、夫人は香りのよい紅茶でのどをうるおしながら、話を続けた。

「確かに、きっかけは本を読むためだったかもしれないわ。私は紅茶や香水といった自分の故郷の製品を、美千代の父親が経営する貿易会社から直接買っていて、それらの品を、彼女が時々うちまで届けてくれていたの。そうしたら、ある日、本を一冊持ってきて。きれいなレースの髪飾りやドレスをあまり喜ばない美千代のために、父親はためしに本を与えてみたそうなの」

「それにすっかり虜《とりこ》になった」

「ええ、そうよ。美千代と一緒に読んでいるうちに、私まで夢中になってしまったわ。二人で、ルパンとホームズ、どちらが素敵かと話し合っているうちに、日が暮れて、彼女のお姉さんを酷《ひど》く心配させたこともあったわ」

「それは愉快だ。で、その結論は？」

公爵は興味深そうに訊ねた。

「さあ、どうだったかしら。こんな話は半日やそこらじゃ結論がでないから、楽しいんじゃありませんこと？　それに、直近で読んだ本にも影響されますわ。ホームズが大活躍すれば、ホームズを応援してしまいますし、ルパンの冒険に心を奪われれば、ルパンこそが理想の男性のように思えてしまいますもの」

花隈夫人がうっとりした表情になるのを見て、公爵は話を本題に戻した。

「それで、美千代さんの夢とは？」

「ああ、そうだったわ。外国航路の船に乗って、世界中を冒険することよ」

「おお、すばらしい」

冒険という言葉は、公爵がイメージしていた日本人女性には似つかわしくなかったが、美千代にはぴったりだと思った。

「お父さまがそう提案してくれたのよ、ってとても喜んでいたわ」

「ほう、父親が。娘にそのような提案をするとは、この国では珍しいのではないですか？」

「そうね。でも、美千代の父、橘氏は古い考えを持った人ではなかったの。何より、日本を通じて美千代が得た語学力を一番評価して、喜んでいたのは彼ですもの。美千代も、二人で世界中の国々を見て回り、さまざまな経験をして、愉快なことはどんどん日本に紹介しようってお父さまに言われたのだと、それはそれは嬉しそうに報告してくれましたわ」

公爵も、夢に瞳を輝かせる黒髪の少女の姿を見てみたいと思った。

「しかし、会社はどうするおつもりだったのですかな」

「姉の小百合と優秀な部下を結婚させて、二人に会社をまかせて、ご自分は引退するつもりだと、一度、何かのパーティーでお会いした時に、橘氏がおっしゃっていたわ」

「では、美千代さんの夢が叶うのも時間の問題というわけですね」

レニーヌ公爵はまるで自分の夢が叶うかのように、少し興奮した面持ちで花隈夫人にそう言った。しかし、夫人はフッと顔を曇らせて、ゆっくりと首を横に振った。

「それは無理ですの。橘氏は先月、お亡くなりになったから」

「なんということだ」

公爵は美千代が見せた悲しげな表情や、語学の勉強をしている本当の目的を教えてくれなかった理由に思い至った。

「ああ、かわいそうな美千代。だけど、昨日、港であなたと出会った時の彼女は、とても喜んでいるように見えたわ。本当はもっと輝いた笑い方をする子だけど、それでも、彼女の嬉しそうな顔は久しぶりよ」

「そうだったのですね」

「私は夫を、彼女は父親を。共に大切な人を失った身の上ではあるけれど、私は彼女により添って話を聞くことはできても、笑わせてあげることができません。ああ、せめて新しい本でも手に入れることができれば、つかのま、彼女を冒険者の気分にさせてあげることができるのに」

花隈夫人は涙を浮かべてそう言った。

「おまかせください。僕にもいくつか冒険の経験がありますし、僕の友人などは、冒険家としてアフリカに行き、本を出して講演会を開いたこともあるから、その話だってできますよ」

「まあ、すばらしいわ。どうかその話で、あの子を元気づけてやってくださいな。ああ、なんということでしょう。もっと早く思い付いていれば、美千代をこのお茶会に招待したのに」

夫人は心からがっかりした様子だ。公爵を独占したいなどとは思っていないらしい。レニーヌ公爵は、黒い犬には困らされたものの、美千代のことを深く案じている青い目の婦人に、好感を抱くことができた。髪や目の色が違っていても、心が通じ合うことを嬉しく思ったのだ。

緑の屋根の屋敷

レニーヌ公爵は花隈夫人から橘家の場所を聞き、さっそく向かってみることにした。山手界隈の住宅地には、伝統的な日本家屋もちらほら見えるが、近辺は西洋風の屋敷の方が多かった。

橘家の屋敷も西洋風で、白い壁に、緑色の屋根が特徴だと教えられた。

「きっと、あれだな」

前方に緑色の屋根が見えた。二階建てだが、他の家よりも少し背が高く、傾斜のある屋根をしているため、少し離れたところからでもよく見える。と、レニーヌ公爵は足を止めて、目をこらした。

「やや、屋根の上に誰かいるぞ」

修理工の姿ではない。丈の長い白いスカートの裾が風になびいている。もしや、美千代ではないか。いったいあんなところで何をしているのだ、と公爵は急ぎ足で屋敷に向かった。

施錠されていない屋敷の門を通り抜けると、庭の方から聞き憶えのある声がした。

「やめて、お姉さま」

声のする方へ向かうと、芝生の庭に立つ美千代の後ろ姿が見えた。屋根の上を見上げている。

「美千代さん、いったいどうなっているんだ」

公爵が背後から訊ねると、美千代は驚いた顔で振り向いたが、すぐに助けを求めるような表情になった。

「ああ、レニーヌ公爵、どうしましょう。姉が屋根から飛び降りようとしていますの」

公爵は美千代と一緒に屋根を見上げた。白いワンピースを着た、美千代と同じ、長くまっすぐな黒髪を持つ女性が二階の屋根の上下左右、ちょうど真ん中辺りに立っている。遠目に見てもすばらしく美しいことがわかるが、顔色は病的に青ざめている。

「許して、美千代」

小百合はかろうじて聞き取れるくらいの声でそう言って、美千代に申し訳なさそうに微笑《ほほえ》みかけた。

「ダメよ、お姉さま。解決方法はまだあるはずよ。一緒に考えましょう」

美千代が必死で訴えかける。レニーヌ公爵は辺りを見回した。向かって右側、屋敷の東側の屋根の途中に天窓が見えている。おそらく、姉の小百合はそこから屋根に出てきたのだと思われる。その証拠に、彼女は裸足だ。

強い風が吹いた。天気が崩れる兆候か。やつれた小百合の体が大きくぐらついた。

「あぶない！」

美千代が涙声に近い声を出す。公爵は、家の中から屋根に出て行こうかと考えたが、ぐらついた小百合の体が前のめりに倒れ、すんでのところでかろうじて、うずくまるような形で停まったのを見て、作戦を変えた。もう一度、強い風が吹き上がると、今度こそ、小百合は、本人の意志とは関係なく転落してしまうはずだ。

「美千代さん、姉上にしっかり声をかけ続けていなさい」

公爵は美千代の耳元でそうささやくと、さっと庭の端へと移動した。

「お姉さま、結婚がいやなら、はっきりとおじさまに伝えましょう。事件のことも、もう一度、調べましょう」

美千代が姉に声をかけているのを聞きながら、レニーヌ公爵は庭の端にある、大きなくぬぎの木に足をかけた。どっしりとした幹から太い枝が伸びており、公爵は長い足を枝に乗せてすいすいと移動し、屋根の上へと降りた。

「私も慎之《しんの》介《すけ》さんは無実だと信じているわ」

美千代は声を嗄《か》らしながら姉を説得している。その言葉が届き、天窓まで引き返そうと思ったのか、はたまた、説得のかいなくやはり身を投げようと思ったのか、美千代にもレニーヌ公爵にも判別がつきかねる中、小百合はよろよろと立ち上がった。

そこに、さらに強い風が吹き上がる。

「ああっ！」

美千代は悲鳴を上げながら、両手で顔をおおった。しかし、恐ろしいことが起きた気配はない。ゆっくりと顔から手を離して、頭上を見上げた。レニーヌ公爵が力強い腕で、小百合を抱き留めていた。間一髪のところで間に合ったのだ。

「公爵さま……」

美千代は感謝と尊敬の念を込めて、レニーヌ公爵を見つめた。

父親の死

レニーヌ公爵は気を失ってしまった小百合を抱きかかえて、天窓へと向かった。屋根裏部屋に通じているかと想像していたが、窓から中を覗くと、かなり低い場所に二階の部屋の床が見えた。どうやら、天井の高い、吹き抜けの部屋になっており、天窓に続く壁沿いは本棚仕様で、窓のすぐ下には床へと続く長いはしごが、本棚沿いに作りつけられていた。

公爵は小百合を抱え直し、片手で天井の梁《はり》を握って体をささえてはしごに足をかけ、慎重に降りていった。

美千代は玄関から中に入り、二階へ上がった。東側の一番端の部屋のドアを開けることには抵抗があったが、ドアの向こうに公爵がいることを思い浮かべながら、勇気を出してノブに手をかけた。

「公爵、足下にお気を付けて」

声をかけたあとで、いらぬお世話だったと美千代は思った。公爵の足取りは、小百合を抱えていることを感じさせないほど軽やかだったからだ。

買い物に出ていたお手伝いの梅子さんは、血の気がなくぐったりとした小百合を、異国の紳士が抱きかかえて二階の廊下を歩いているのを見て、少しだけ悲鳴を上げそうになった。しかし、その姿が芝居のポスターのように美しかったため、次の瞬間にはうっとりと見とれてしまっていた。

「梅子さん、ちょうどいいところに帰ってきてくれたわ。お姉さまは気を失ってしまったから、すぐに、笠井《かさい》先生を呼んでもらえないかしら」

異国の紳士の背後から現れた美千代に声をかけられ、梅子さんはハッと我に返った。笠井先生とは、橘家のかかりつけの医師だ。小百合はケガをしている様子はないが、目を覚まして、また取り乱しては困るので、念のために、美千代は医者を呼ぶことにしたのだ。

「それから、レニーヌ公爵にお茶をお出しして。お姉さまの命の恩人よ」

「命……。小百合さまはいったいどうされたのですか?」

梅子さんが美千代におずおずと訊ねた。

「屋根から……、身を投げようとなさったの」

「なんということを」

梅子さんは両手で顔をおおって俯いた。肩を震わせて泣いている。

「お許しくださいまし。すべては慎之介が、いいえ、あの子をきちんと教育できなかった私が悪いのでございます」

「いいえ、梅子さん、そんなことを口にしてはいけないわ。お姉さまも私も慎之介さんの無実を信じています」

美千代は梅子さんの肩にそっと優しく手を乗せた。

「ああ、もったいないお言葉を。もちろん、私だって、本当の犯人がつかまってほしいと願っています。しかし、それは息子のためではなく、私たち親子をこの家に住まわせてくれた、ご恩のある旦那さまが、浮かばれるためでございます」

「梅子さん……」

美千代までもが目を潤ませて、梅子さんと固く抱き合った。

その様子を見ていたレニーヌ公爵は、この家が抱えている問題は、想像より深刻なのではないかと感じた。

小百合を部屋で寝かせた後、笠井医師が到着したため、あとは梅子さんにまかせて、美千代とレニーヌ公爵は応接室でお茶を飲むことにした。

「なんとお礼を申していいのやら。公爵、姉を助けてくださり、本当にありがとうございました」

美千代はフランス語でそう言うと、深く頭を下げた。

「いやいや、それほど特別なことをしたわけじゃない。しかし、姉上にもケガがなくてよかった。天窓の辺りに、何度か足をすべらせたような跡があったから、僕が訪れるまでに転がり落ちなかったことに感謝しなければならない」

「まあ、そうでしたの。お茶に誘おうと部屋に行くと、姉がいなかったので、外に捜しに出た時にはもう、あそこに立っていたのです。そんな危険なことが起きていたなんて」

「しかし、姉上はまた、どうしてあんなところから飛び降りようと?」

「それは……」

美千代は昨日出会ったばかりの異国の紳士に、どこまで話していいものだろうと考えたが、命の恩人には、その原因をきちんと伝えておくべきだと判断した。

「理由は二つありますわ。まず一つ目は、姉には恋人がいたのに、その人とではなく、別の人と結婚しなければならなくなったこと。そして、もう一つは、その恋人に私たちの父を殺した殺人容疑がかけられていることです。特に、恋人が逮捕されてからは、姉はすっかりふさぎこんでしまったのです」

「お父上が亡くなられたことは、花隈夫人に聞いていたが、まさか殺人だったとは」

レニーヌ公爵は心底驚いた様子で言った。

「詳しくお聞かせいただいてもよろしいかな」

「はい。遺体を発見したのは私なのですが、最初は、自殺だと思ったのです」

美千代は父親が亡くなった日のことを、順を追って、公爵に話した。

ひと月前の日曜日のことです。姉と私、そして梅子さんは午後三時から始まるお芝居を見に行くことになっていました。普段、梅子さんとそういったものに出かけることはなかったのですが、一緒に行く予定だった、父の従弟で、会社の専務をしていた建造おじさまから、前日に、自分はやはり行けないから、梅子さんを誘ってはどうかと電話があったのです。

私は父を誘ったのですが、父は、ちょうど芝居の時間に、部下の慎之介さんと家で会う約束をしていると言うので、おじさまの提案通り、梅子さんに声をかけたのです。

おじさまがキャンセルをした理由は、そのふた月前くらいに、狩猟中に崖から落ちて両足を骨折してしまい、車いすでの生活を余儀なくされてしまったからです。最初は、秘書の畑中さんに席まで抱えていってもらうつもりだったそうですが、いかんせん、今回はまん真ん中の席だったので、狭い劇場内を、多くのお客をかきわけながら抱えられて移動するのは、やはり難しいと思ったのでしょう。

自分は行かないけれど車は出すからと言われ、午後二時に畑中さんの運転する車がうちに着き、三人で出ていきました。それから観劇をして、畑中さんが劇場まで迎えにきてくれ、途中で、父のお土産を買うために和菓子屋に寄って、家に着いたのが午後六時。我が家は、慎之介さんが社会人になって家を出てからは、住み込みの使用人は梅子さんだけなので、家にいるのは父だけ、もしくは慎之介さんといらっしゃるかでした。

玄関は、普段から家人がいる時も施錠されていますので、その時は、梅子さんが鍵を開けました。

私は和菓子屋で買った羊羹《ようかん》の包みを、二階の東側の端にある、ほら、先ほど、公爵が姉を抱えて降りてきてくださった部屋が父の書斎となっているので、届けにいったのです。

ドアをノックしても返事はありませんでした。疲れて寝てしまっているのかしら、と私はゆっくりとドアを開けました。そうして見つけたのです。父の姿を。

天井の梁に通されたロープに、父は首からつるされた状態で息絶えていたのです。


美千代はその時の様子を思い出し、目を伏せた。愛する父親の無残な姿。レニーヌ公爵は若い娘がいかばかりの衝撃を受けただろうと、美千代の心中を慮《おもんばか》った。

「無理をして話を続けなくてもけっこうですよ。少し、休みましょう」

そう優しく声をかけた。そこに、玄関の方から何やら騒がしい音が聞こえてきた。

「こんな時にどうして」

美千代が顔をしかめて立ち上がったと同時に、応接室のドアが勢いよく開き、車いすの男が入ってきた。

花嫁の夫

「小百合が屋根から飛び降りようとしたというのは本当なのか」

　建造氏がだみ声を張り上げて美千代に問うた。

「どうしておじさまがそれを？」

「笠井先生は俺の主治医でもあるんだぞ。我が婚約者に大変なことが起きたのだから、一番に報告を受けるのは当然だろう。それにしても、小百合はどうしたのだ。父親の死のショックで、頭がおかしくなったとでもいうのか」

　建造氏が真面目な顔をしてそんなことを言うので、美千代は怒りを通り越して、あきれかえってしまった。

「おじさまが父の亡きあと、私たち姉妹を救おうとしてくださったことには感謝しております。しかし、こんなことが起きてしまっては、やはり、はっきりお伝えしなくてはなりません」

「何をだ？　言ってみるがいい」

「姉は、おじさまとの結婚が嫌で、身を投げようとしたのです。その証拠に、今朝、この部屋でドレスの箱を見つけた時から、様子がおかしくなりました」

美千代はまっすぐ建造氏の目を見つめて言った。

「何だと！」

建造氏は首に血管を浮かばせて叫び、両方の握りこぶしで車いすの肘置きを力一杯打ち付けた。今にも美千代につかみかからんばかりの勢いで、身を乗りだそうとする。

「社長、なりません」

秘書の畑中青年が駆け寄り、建造氏を車いすに押し付けるようにしてなだめた。

畑中青年とほぼ同時に、レニーヌ公爵も美千代と建造氏のあいだに立ちはだかった。

「彼女に危害を加えることは、僕が許しませんよ」

公爵は建造氏に流暢な日本語でそう言った。

「まあ、公爵、あなたは……」

口をぽかんと開けている美千代に、公爵はウインクを返して、建造氏の方に向き直った。

「誰だ、おまえは」

「僕は美千代さんの友人です」

「ふん、どうせ花隈の未亡人の知り合いだろう。美千代に西洋のおかしな思想をふきこむばかりじゃ気が治まらず、家にまで乗り込んでくるとは。これは橘家の問題だ。余所者《よそもの》は口をはさまないでもらいたい」

「おじさま、失礼なことをおっしゃらないで。レニーヌ公爵は、お姉さまを助けてくださったのよ」

「そうか。では、それについては礼を言おう。花嫁の恩人とあっては」

「だから、おじさま、結婚は……」

「中止にしてほしいというのか。美千代、落ち着いて考えてみるんだ」

建造氏は穏やかに言った。

「おまえたち姉妹に両親はいない。おまえは語学力を生かして働くなどと言っているが、姉さんまで養うことができるのか。まさか、小百合にも働かせようとは思っていまいな。世間知らずのあいつに何ができる。そのうえ、父親が残した莫大な借金はどうするつもりなんだ」

美千代は何も言い返すことができなかった。

「しかし、小百合さんには別に恋人がいたのではありませんか？」

レニーヌ公爵が助け舟を出した。

「ふん、使用人の息子との結婚など、兄貴が許すはずがないだろう」

建造氏は美千代たちの父親を兄貴と呼んでいた。公爵が美千代をちらりと振り返った。

「慎之介さんは梅子さんの息子で、姉と愛し合っているのです」

美千代が小声で返した。

「なるほど、身分違いの恋というわけですな」

「でも、お父さまは、慎之介さんが子どもの頃から優秀なことにお気付きになられて、学費を援助し、慎之介さんが学校を出て会社に入ってからは、後継者のように指導していたのです」

「そうやって、手塩にかけてやったヤツに殺されてしまうと、兄貴は思ってもいなかっただろうよ」

建造氏が皮肉めいた口調で言った。

「橘氏は首をつっていたそうですが、自殺ではなかったのですか？」

レニーヌ公爵が訊ねた。

「最初はそう思っていたさ。遺書はなかったが、会社が、他の社員が知らぬまに多額の負債を抱えていたという、動機もある。だが、遺体を調べて、笠井先生が重大なことに気付いたのだ。素人《しろうと》には、首をつった遺体も、首を絞められて死んだあとにつるされた遺体も、同じものに見えそうだが、医者や警察が見ればはっきりとわかるらしい。そうして、自殺ではなく、殺人だと判明したのだ」

「なるほど。しかし、なぜ、慎之介さんが疑われるのですか？」

「あの日、彼がここに来たからに決まってるじゃないか。本人は犯行を否認しているが、屋敷を訪れたことは認めている。兄貴に小百合との婚約の許可を求めに来たそうだ。そこで反対されて激昂したのだろう」

「お待ちください。屋敷を訪れたのが、彼だけとは限らないではありませんか」

「だが、玄関の鍵がかけられていたのだよ。兄貴の鍵は書斎の机の上に置いてあった。在宅中はいつもそうしていたらしい。当時、他にこの家の鍵を持っていたのは、姉妹と梅子と慎之介だけだ。あとは、この俺ですら持っていなかった。慎之介が犯人でなければ、兄貴を殺した犯人はいったいどこから出入りしたというのかね」

「窓はどうだったのですか？」

「警察の調べによると、一階も二階もすべて閉まっていたということだ」

「天窓はいかがですかな。そもそも、あの窓には鍵自体がなかったような気がしたが」

公爵が訊ねると、建造氏はウームと唸った。

「なるほど、犯人は天窓から出入りしたのかもしれん。だが、動機はどうなる。この家には現金だけでなく、宝石や外国製の美術品など金目のものはたくさんあるが、何一つ、盗まれていない。もちろん、兄貴は他人から恨まれるような人間ではないということは、誰に聞いても証明してくれるだろう。なあ、美千代」

建造氏の意見には何一つ頷《うなず》きたくない美千代であったが、最後の質問にだけは大きく頷いた。

笠井医師

「なるほど、あなたの言うことはもっともだ。そうして、あなたはかわいそうな姉妹を救うために、姉の小百合さんと結婚することにしたのですね」

「そういうことだよ」

レニーヌ公爵に理解を示されたと感じた建造氏は満足そうに頷いた。美千代は少しばかり公爵に裏切られた気分になった。

「ところで、あなたの両足は狩りでの骨折が原因だと、美千代さんから聞いたのですが」

「そうなのだ。三月《みつき》ばかり前にね。鹿を夢中で追いかけていたら、崖っぷちでうっかり足を踏み外してしまってこのザマだ」

「ほう、毎日不便でしょう」

「朝から晩までこの秘書の世話にならなきゃならん」

「では、事件の日は、畑中さんが美千代さんたちの送り迎えをするために出ていたから、大変だったのでは？」

「なに、家でおとなしく本を読んでいたさ」

「なるほど。一日も早い快復《かいふく》をお祈りしますよ」

そう言ってレニーヌ公爵は、車いすに座っている建造氏の片膝にズボンの上から手を乗せた。

「何をしているんだ！」

叫んだのは笠井医師だった。小百合の診察を終え、梅子さんと一緒に応接室にやってきたところ、異国の紳士が自分の患者の患部に触れているのを見て、慌てて声を上げたのだ。

「これは失礼。少しばかり西洋医学の知識があるもので、何かお役に立てることがないかと思ったのですが」

「余計なことはしてくれなくて結構」

建造氏も公爵にやんわりと、しかし、視線は厳しくそう言った。

「笠井先生は西洋医学にも東洋医学にも精通した優秀なお医者さまだ。……ところで、先生、小百合の容態は？」

建造氏が医師に問うた。

「鎮静剤を打ったので安らかに眠っております。今日はもう、このまましばらく眠りこんでいるでしょう」

医師は丁寧な口調で答えた。美千代はほっと胸をなで下ろして、医師にお礼を言おうとしたが、建造氏の声に遮られた。

「なるほど、それはひと安心だ。俺も、もう帰るとしよう。先生、お送りしますよ」

「やや、それは助かります」

建造氏、畑中青年、笠井医師の三人は、梅子さんがお茶を用意するというのも断り、そそくさと橘家をあとにした。

レニーヌ公爵の提案

建造氏がおしかけてくる前の状態に戻ると、美千代は改めて公爵へ向き直った。

「レニーヌ公爵、今日はせっかくお越しくださったのに、大変なことに巻き込んでしまったうえに、お耳苦しい話をお聞かせしてしまい、申し訳ございませんでした」

「なに、気にすることはありません。少しでもお役に立てることがあればと思い、こちらが勝手に訪ねてきたのだから」

「そう言っていただけると……。ただ、もう一つ、聞いていただきたいことがあるのです」

「何でも話してみなさい」

「建造おじさまが言ったことは、おおむね真実です。でも、お父さまは、お姉さまと慎之介さんの結婚を望んでいました。慎之介さんに会社をまかせて、私と世界中に冒険に出ようと約束してくださったのです」

花隈夫人から聞いていたことではあったが、美千代から直接聞くと、レニーヌ公爵はこの少女を助けてやりたいとさらに思えてきた。

「僕は最初から、あなたの話すことだけを信じていましたよ。それに、僕にはどうやら、お父上を殺した真犯人がわかったようだ」

「まあ、いったい誰ですの？」

美千代が目を見開いて訊ねた。

「それは、今は言えません。調べてみなければならないことがあるのでね。そうだ、美千代さん、三日後にこの家でお茶会を開いてもらえないだろうか。今日、この屋敷に集《つど》った人たちを皆、招待して。立派な庭があるのだから、フランス式のガーデンパーティーにしてみないかね。あの花隈夫人もお誘いしよう」

レニーヌ公爵は、まるで楽しいパーティーを開くかのように美千代に提案した。

美千代は公爵の意図を測りかねたが、言われる通りにしようと思った。

「わかりました。梅子さんに手伝ってもらって、準備いたしますわ」

「では、三日後の午後二時から、開始しようではないか。姉上も出席できるよう、励ましてやりなさい」

「はい」

美千代が力強く返事をすると、公爵は満面に笑みを浮かべ、緑の屋根の屋敷を去っていった。

ガーデンパーティー

美千代は梅子さんに協力してもらい、公爵に言われた通りにパーティーの準備をした。

芝生の庭の中央に大きなテーブルを運び、その周りに、招待客全員分の椅子を並べた。小百合も昨日から体の調子がよく、朝から、美千代と梅子さんがキュウリとハムのサンドウィッチを作るのを、一緒に手伝った。

クロスをかけ、花を飾ったテーブルに、美千代と小百合がサンドウィッチの大皿を運び、梅子さんは紅茶を淹れる準備をした。

そこに、建造氏と畑中青年、笠井医師がやってきた。

「小百合、元気になったのだな」

建造氏は満足そうに小百合に声をかけた。小百合は内心、虫唾《むしず》が走るような思いだったが、公爵が事件の真相を暴いてくださる、という美千代の言葉を信じて、気丈に笑みを返した。

「おじさま、さあ、こちらの席へ」

美千代が三人をそれぞれ席に案内した。

しばらくして、レニーヌ公爵が到着した。

「やあ、お待たせしました。やはり、日本人は時間きっかりに行動をされるのですな。先日はどうも」

レニーヌ公爵は建造氏に親しげに微笑みかけ、握手をするために片手を差し出した。一番に挨拶をされたことに気をよくした建造氏は、その手をしっかりと握りしめた。

「あら、フランスの方はそうではありませんの？」

美千代は公爵を席に案内して訊ねた。

「二時と言われれば、二時半に来るのがフランスのマナーなのです」

公爵は答えながら、用意されていたおしぼりで丁寧に手を拭い、下げておいてくださいと言って、梅子さんに渡した。

「ならば、今度からフランス人を招待する時には、日本人の出席者よりも半時間早い時刻を伝えなければならないな」

建造氏はおもしろいことを言ったというようにガハハと笑った。

と、そこに、激しい鳴き声が聞こえたかと思うと、黒い大きな犬がものすごい勢いで庭に走ってやってきた。迷わず、一直線に、ある人物のもとへ、スピードをおとさずに向かい、前足を高くあげてとびかかった。

「うわあ、何をする。どけ、はなせ」

とびかかられた人物は、力一杯犬をはねのけて、一目散に駆け出した。その背を犬が追いかける。

「ローズ、停まりなさい」

庭に花隈夫人が現れて、フランス語でピシャリと命令すると、犬は動きを止めて、飼い主のところに行った。

「ごめんなさい。せっかくご招待いただいたのに、ローズが暴れてしまって」

花隈夫人はその場にいた人たちに日本語で謝ったが、美千代ですら夫人の方を見ていなかった。視線は犬に追いかけられた人物に注がれている。

「おじさま、足はもう治っていらっしゃったのですか」

美千代が問いかけると、建造氏はヘナヘナとその場に座り込み、バツが悪そうに俯いた。

「そうなのですよ、美千代さん。そして、皆さん。いや、幾人かは知っていたか」

レニーヌ公爵は皆を見渡しながら言った。

「建造氏の足はとっくに治っていたのです。犬に追われて全力で走れるほどに。では、どうして、治っていないフリなどしていたのですかな？」

レニーヌ公爵が訊ねると、建造氏は歯をギリギリと噛《か》みしめた。

「お答えできますまい。カムフラージュのためだとは」

「いったいどういうことですの？」

美千代が訊ねた。

「では、お答えする前に、一点、確認を。小百合さん、あなたは先日、屋根に出た時、真ん中に着くまでのあいだに、何度か足をすべらせましたか？」

「いいえ」

小百合がキョトンとした様子で答えた。

「僕が屋根に上がった時、天窓からくぬぎの木の枝までのあいだに、何度か靴底で屋根をこすったような跡ができていた。小百合さんではないという。そもそも、彼女はあの時、裸足だった。となると、あそこを通ったのは誰かということになる。梅子さんに確認したところ、修理工に何かを頼んだこともない」

「じゃあ、お父さまを殺害した犯人は、天窓から出入りしたということなのね」

美千代はそう言って、姉の手を取り、力強く握りしめた。

「出入り、もしくは、入る時は家人の出入りのどさくさにまぎれて入り込んで、どこかに潜み、出て行く時だけ天窓を通ったのかもしれません」

レニーヌ公爵は一度、咳払いをして、推理を続けた。

「この、天窓出入り説は、先日も出た話です。その際、問題になったのは、慎之介さん以外に、橘氏を殺害する動機を持つものがいない、ということだった。本当に、そうでしょうか？　犯人はどうしても手に入れたいものがあった。金でも宝石でもない、美術品でもない、ここにいる生身の美しい女性、小百合さんだとしたら」

「まさか……」

小百合が両手を口に当て、息を呑《の》んだ。体調の回復した小百合は白百合の花が咲き誇っているように美しかった。

「しかし、どんなに望んでもそれを阻む人物が二人いる。橘氏と慎之介さんです。二人を殺害してはさすがに怪しまれるでしょう。そのため、一人を殺し、もう一人を殺人犯に仕立てあげることにした」

「ひどいわ」

美千代がつぶやいた。

「だが、完全犯罪など、簡単に方法が思い浮かぶものではない。そうしているうちに、両足の骨折という災難に見舞われてしまった。犯人にとっては不幸中の幸い、これを逆手に取ることにしたのです。足の不自由なものには実行不可能な殺し方をすればいいのだと。もともとそれほど酷い症状ではなかったのかもしれない。決行日については、会社で慎之介さんが橘氏に時間を作ってほしいと頼んでいるのを耳にしたのではないですか？」

レニーヌ公爵がじろりと建造氏を見据えた。建造氏は口を真一文字に結んで黙りこんでいる。本当は足が動くということが知られてしまっては、何を言っても無駄だと観念したのだ。

レニーヌ公爵は満足そうに頷いて、再び皆を見渡した。

「では、次に、共犯者はいるのか」

公爵は畑中青年に視線をやった。

「僕は何も知りません。建造さまの足は、本当にまだご快復されていないのだと信じて、今日の今日までお世話させていただいていたのです。事件の日も、お嬢さま方を劇場にお送りした後は、お迎えの時間まで、劇場のすぐ近くにある洋食店にいました。建造さまに、何かうまいものでもとお金をいただいたので、町で評判のできたばかりの〈かもめ亭〉に行くことにしたのです」

畑中青年はおどおどした様子で答えた。

「よろしい。こちらで確認した通りです。すいている時間だったので、店の主人が憶えていましたよ」

レニーヌ公爵に言われ、青年はほっと胸をなで下ろした。公爵は次に、笠井医師に目をやった。

「わ、私も無実だ」

医師は慌てた様子でそう言った。

「しかし、先生ほどのお方なら、建造氏の足が完治していることに気付いていたのではありませんかな」

「確かに、骨折は治っていると診断しました。だが、患者本人が動かせないとおっしゃるのなら、否定するわけにはいかない。何か別の要因があるのではないかと、調べていたところなのです」

「なるほど、あなたを信用するかどうかは、ここにいる皆さんにおまかせしましょう。ところで」

レニーヌ公爵はもう一度、建造氏に向き直った。

「あなたはもう一つ、罪をおかした」

「何ですの？」

美千代はさらに驚いた様子で訊ねた。

「美千代さん、お父上の会社に多額の負債があったというのは嘘なのです」

「なんですって？」

「僕はこの三日間で、会社についても調べたのです。そうしたら、橘氏の死後に書き換えられた偽の帳簿が見つかった。それをあなたたちは建造氏に見せられたのでしょう。そうまでして姉妹を追い詰め、小百合さんが結婚を承諾せざるを得ない状況にしたのです」

「なんということを！」

美千代が建造氏に向かって言った。

「ですが、美千代さん、あなたもひとつ誤解をしているかもしれない」

「まあ、私が？」

「小百合さんが建造氏との結婚を決めたのは、自分に働く力がないからではない。これまで通り、あなたをきちんと学校に行かせてあげたかったからです。そうですよね、小百合さん」

レニーヌ公爵が小百合に振り返った。

「どうしてそれを？」

「昨日、慎之介さんとも面会をしてきたのです。あなたは慎之介さんに、だから建造氏と結婚することを許してほしい、と頭を下げてわびた。さぞかしお辛かったことでしょう。自分が何をしているのかわからなくなるくらい、精神が弱ってしまったほどに」

「ああ、お姉さま」

美千代は姉に抱き付いて涙した。小百合もまた、黙ったまま、妹を強く抱きしめ返した。

と、その時、建造氏がいきなり立ち上がり、駆け出した。

「逃げたぞ！」

レニーヌ公爵が追いかけたが、足の速い公爵を、黒い物体が追い越していった。ローズだ。花隈夫人がストップをかける気配はない。ローズはここ三日間で訓練された成果を発揮するように、右手からフランス産のめずらしい香水のにおいがする男の、背後に追いつくと、前足を上げて思い切りとびかかった。

噂の真相

後日、橘家ではレニーヌ公爵と花隈夫人を招待した夕食会が開かれた。

釈放された慎之介も同席していたため、小百合の顔は幸せに満ち溢《あふ》れていた。慎之介と小百合はどんなに言葉を尽くしても足りないというほどに、公爵に、何度もお礼の言葉を口にした。

「あなた方が幸せになってくれればいいのですよ」

そう言って笑う公爵の顔に、美千代の目は釘付けになっていた。これまで、推理小説や冒険にばかり夢中で、恋や結婚には興味のなかった黒髪の少女も、それらにほんの少し憧れを抱くようになった。

「そうだ、美千代さんにプレゼントがあるのです」

レニーヌ公爵は美千代に紙包みを手渡した。

「まあ、何でしょう?」

ドキドキしながら美千代が包みを解くと、中から外国製の本が現れた。

「ルパンの本だわ!　もう新作は二度と読めないとあきらめていたのに」

美千代は涙を流して喜んだ。

「夫人、また一緒に読みましょうね」

目を輝かせながら、花隈夫人にも本を見せた美千代は、はたと手を止め、レニーヌ公爵の方を向き、じっと見つめた。あまりにも真剣に見つめられすぎて、公爵は少し胸がドキドキしてきた。

「僕の顔に何かついていますかな?」

「いいえ、レニーヌ公爵。以前、お訊ねした、ルパンやホームズは実在するという噂。私は本当だと思いますの。そして、ルパンの正体が、公爵、あなたでしたら、私、ルパンとホームズのどちらが素敵かと、今後いっさい悩みませんわ。答えは明確ですもの」

黒髪の少女の断言と、少しばかりの愛の告白に、公爵が心から愉快そうに笑う声が、幸せの訪れた緑の屋根の屋敷に高らかに響き渡った。

おわり

本書は二〇一六年三月にポプラ社より刊行されました。

みんなの怪盗ルパン

小林泰三　近藤史恵　藤野恵美　真山仁　湊かなえ

2018年　4月　5日　第1刷発行

発行者　長谷川 均
発行所　株式会社ポプラ社
〒一六〇-八五六五　東京都新宿区大京町二二-一
電　話　〇三-三三五七-二二一二（営業）
〇三-三三五七-二三〇五（編集）
振　替　〇〇一四〇-三-一四九二七一
ホームページ　www.poplar.co.jp
フォーマットデザイン　緒方修一
組版・校閲　株式会社鷗来堂
印刷・製本　中央精版印刷株式会社

N.D.C.913/223p/15cm
ISBN978-4-591-15860-9
落丁・乱丁本は送料小社負担でお取り替えいたします。
小社製作部宛にご連絡下さい。
製作部電話番号　〇一二〇-六六六-五五三
受付時間は、月～金曜日、9時～17時です（祝日・休日は除く）。